傳達，讓觀眾記住你！

精準演講

HOW TO WRITE AND GIVE A SPEECH

A Practical Guid
for Anyone Who Has to Make Every Word Count

Joan Detz
瓊·戴茲——著｜張珂——譯

獻給自一九九二年以來參與我主辦的
演講稿寫作研討班的朋友們

選擇卓越／超越自我／進無止境

Contents

目錄

致謝

Thanks

在本書創作的過程中，很多人幫助了我，謝謝你們。

我尤其想要感謝：石油殼牌集團的布雷恩．阿克勒（Brian Akre）；美國海岸警衛隊的理查．巴特森（Richard Batson）；美國空軍的薩布拉．布朗（Sabra Brown）；豐田汽車公司的卡里．錢德勒（Carri Chandler）；演員多米尼克．查尼斯（Dominic Chianese），他曾參與電視劇《黑道家族》（*The Sopranos*）的演出；國際職業婦女協會的達琳．傅利曼（Darlene Friedman）；口譯員亞由美．格林（Ayumi Green）；美國醫療健康服務網站WebMD的凱瑟琳．哈恩（Katherine Hahn）；大學城科學中心的珍妮．梅爾（Jeanne Mell）；筆譯員阿奇．娜古努瑪（Aki Nagunuma）；貝斯特韋斯特飯店集團的托德．薩默斯（Todd Sommers）。

特別感謝新罕布夏州參議院公共關係總監卡羅爾．阿爾法諾（Carole Alfano），她能力驚人，在最緊張的時限內也能順利完成任務。

我的編輯丹妮拉・拉普（Daniela Rapp），從我向她提出想要出版這個新版本的想法後，她就一直支持我，而且提供我非常實用的意見。謝謝你！

史蒂夫・羅曼（Steve Roman）負責本書的審校工作，他做得十分出色。簡單來說，他做了任何一位作者所期望的最好審校。非常感謝！

我還要向我的客戶們表達感激之情：在這個大型公關公司日益增多的時代，你們對我的演講培訓事業的支持，使我的專業特長得到了充分發揮。感謝你們對我的信任。

最後，我最想謝謝我兒子塞斯・魯賓斯坦（Seth Rubinstein），他與我的演講稿寫作事業一同成長。塞斯出生八天後，我就重拾了筆桿，那時我不得不把他的嬰兒搖籃放在家裡的工作室，以便按時完成寫作任務。多年來，他在這間辦公室裡幫我做了很多事情：校對、編輯、提出寶貴建議。（另外，我已經數不清他幫我解決過多少電腦方面的問題）謝謝你，我的謝意就像你的學校史瓦茲摩爾學院老帕里什宿舍樓前的石頭上刻的——永不停息。

Preface
前言

這本書首次出版是在一九八四年。你現在看到的是第三次的修訂版。三十年前，聖馬丁出版社買下了這本書的版權，目前看來這一舉動相當明智，因為這本書如今還在步步前行。現在，整個連鎖書店產業都面臨著困境，一些獨立書店還在為了正常營業而頑強抗爭。數年來，電子書市場一直在宣稱實體書即將滅亡，然而，我們依舊在這裡。讀者們依然在閱讀。這本小書如今以實體書和電子書的形式同步發行。

當然，在每一版中，我都對內容做了相對調整，不過這個版本的改動是最大的。自上一版發行以來，世界發生了哪些變化？答案是一切都變了。尤其是人與人之間的溝通交流方式以及人們運用科技的方式。上週，一位客戶問我：「在眼下這個自媒體時代，什麼樣的演講才能吸引人呢？」我簡短地答道：「非常精采的演講。」

在修訂這一版的過程中，我將注意力放在撰寫演講稿和演講的商業化方面，這是本次修訂的主軸。雖然現在可能仍然有一些演講者認為，演講不過是「講滿事先安排好的十五分鐘」，但內行的演講者和演講稿撰寫人都已經清楚地知道：每一場演講都要付出金錢成本，我們一定要確保自己的投資獲得良好回報。

我來問大家幾個問題吧。

- 如果你是演講者：是否記錄過自己花費在準備、排練、發言上的時間？你準備一次演講的時間成本是多少？更重要的是，你的機會成本有哪些？你花費大量時間收集資料、撰寫演講稿、拖拖拉拉、修改內容、製作投影片、修改投影片，最後還要算上往返於演講場地的時間，又因此耽誤了哪些事情？
- 如果你是一家大型企業的管理人員：每年你的公司在無意義的演講上浪費了多少錢？你有沒有統計過員工花在準備演講、發表演講、聆聽演講上的時間？更重要的是，你有沒有懷疑過這些投資是否獲得應有的回報？
- 如果你是某組織公關部門的工作人員：你是否產生過這種疑問，你們團隊本該可以寫出更加精采的演講稿，甚至可能是精采很多倍的演講稿？
- 如果你是小企業主或諮詢顧問：你會不會擔心要和大型企業（擁有更多的宣傳預

算）競爭？可能你是一名獨立工作的會計、健身教練，或是法律顧問。或許你經營一家特別的小店。想想看，由於沒有在所處的社區、產業協會或在業界裡做精采的演講，你因此丟掉了多少生意？

- 如果你雇用自由演講撰稿人為你寫演講稿：你覺不覺得這些自由撰稿人完成一篇稿子所花的時間太長了？你是不是再也不想熬夜修改他們寫的演講稿？
- 如果你是政府部門或軍隊裡負責管理公共事務的官員：你能否逐條列出所有涉及演講的會議經費？為了便於問責，你能否合理地說明這些經費具體的使用情況？（例如人員費？會議室租金？視聽設備使用費？茶或咖啡的花費？交通費？住宿費？）除此之外，統計一下共有多少人與會，計算他們為了聽演講一共損失多少工作時間。這是多大一筆錢啊！

在這本書的新版寫作過程中，我定下了幾個目標。我希望這本書可以幫助你：

- 用更短的時間準備好更加精采的演講。
- 講出能被觀眾記住的內容。
- 做能獲得投資回報的演講。

我希望這本書可以讓你站在觀眾面前時，無論是看上去還是聽上去都非常好。

永遠不要忘記，科技的發展使得人人都可以輕輕鬆鬆拍下你的演講過程（有些人很可能真的會這麼做），你在特定時間、特定城市做的演講，隨時都可以呈獻給全世界。你可能覺得自己不過是在美國德州的聖安東尼奧跟當地某些觀眾講大概二十分鐘而已，但在現今的數位化世界裡，你的演講影片可以傳播到任何地方，而且會被永久保存。

那麼我有一個問題：你想讓自己在這種永久留存的影片裡呈現出什麼樣子？（你肯定會想，我當初在準備時要是多用點心就好了，對不對？）最後分享一個例子：

二〇一二年，達賴喇嘛在我的母校維吉尼亞州的威廉與瑪麗學院舉辦了一場公開演講。體育場可以容納八千二百人，演講的入場券在短短六分鐘內銷售一空，另外有來自一〇九個國家、一萬名觀眾看線上直播。當晚，這位曾於一九八九年獲得諾貝爾和平獎的七十七歲佛教精神領袖，穿著該校代表的墨綠色與金色球衣，發表四十五分鐘的演講，接著是三十五分鐘的問答時間。他的主題是什麼？是「愛、憐憫和理解」。

這讓我有所收穫。很少有演講者能看到台下有八千多名觀眾全神貫注地傾聽自己的發言，也很少有人能讓自己的演講入場券在六分鐘內被搶購一空。（大多數的演講只能被形容為「非自願的交流」。還有些演講者的發言實在太沉悶無趣，觀眾情願花點錢，也恨不得趕緊溜掉。）沒有幾個人的演講會透過網路現場直播，也沒有幾個人說的話能在全世界被引用。

但我們可以做得更好，比現在好很多很多。

每一位演講者都能迅速提升自己的程度，也可以一點一點地建立起自己的演講風格。請記住，在撰寫演講稿和發表演講時，精采的演講不會比乏味的演講花費你更多精力。關於這一點，我已經在演講稿寫作研討會上說了二十多年——選擇卓越。

如果你能採納本書的建議，你將能吸引觀眾，你演講的內容會值得聆聽。你的演講不僅能讓你所屬的組織脫穎而出，還能讓你自己脫穎而出。

你的演講會被大家注意到。而且我保證，你會被觀眾牢記在心。

衷心祝願你們獲得成功！

Chapter 01 有人邀請你做一場演講，你該怎麼準備？

一次演講就是一段航行，演講者必須規劃行程。那些不清楚自己該從何處起航的人，通常無法抵達目的地。

——戴爾・卡內基（Dale Carnegie）

事情的緣起通常很簡單。你接到一通電話，或是收到一封電子郵件，邀請你去某個場合演講。也許是你的母校希望你回去校園談談你的職業生涯。也許是當地商會想邀請你出席他們的下一次會議，簡述你的業務發展。還有可能是你支持的慈善組織期望你能站出來，與其他成員分享你的專業知識。

但有時，事情沒有那麼簡單。或許是老板要求你在一次全國性會議上做報告。也許你應邀參加數位媒體或是網路研討會。又或者是你所在的專業協會想請你在國際會議上發言。

你會怎麼做？

你會不假思索地說「好的」，然後開始手忙腳亂地隨便拼湊一些發言內容嗎？聰明人都不會這麼做。

記住，演講邀請僅僅是——一個邀請而已。你手中握有選擇權，你可以決定：

- 是否要立即接受：在別人向你提出邀請後馬上答應對方。（我不建議這樣做）
- 接受邀請，但要提出一些小變動。（例如，問問主辦單位可否略微調整時間，以免跟你的旅行計畫有衝突。）
- 感謝會議主席的邀請，並表明你需要幾天時間來確認自己的日程，然後才能給他們答覆。（這是謹慎的做法，讓你能夠充分衡量此次活動是否值得花時間。）
- 讓主辦單位了解你十分樂意與他們的成員聊一聊，但是這個月你沒有空閒時間。（然後挑幾個日程上允許的月分供對方參考。）
- 禮貌地拒絕。

重點是，這是一個邀請，不是一張法院傳票。作為受邀發言的演講者，你可以有自己的選擇。

你的演講能否成功的決定性時刻就是此刻——就是你最初接受邀請，並安排好此次演講的主要事項的那一刻。如果你明知道可以用十五分鐘談完這個話題，為什麼還要答應對方講三十分鐘呢？假如你可以要求下午兩點半開始演講，又何必接受對方下午四點鐘開始的安排呢（還要耽誤自己的航班）？

一旦接受演講邀請，先確定你想講什麼

一開始，你要問自己：「什麼是我真正想說的內容？」然後你的回答必須乾脆俐落，不能猶疑不決。你必須專注於自己演講的主題，要謹記不可能把一切都囊括進一次演講中。

我重複一遍剛才的內容，它可以被理解為：

你無法在一次演講中涵蓋一切。事實上，如果你試圖涵蓋一切，你的觀眾很可能一無所獲。考慮清楚你真正想說的是什麼，不要額外摻雜任何其他內容。

例如，你正在跟一個社區團體宣傳你們公司的價值觀，那麼就不必和他們詳細講解你們公司的發展歷史。

如果你正在呼籲一個校友會為你的母校募集資金，就不要插入一段話來討論美國中學現存的問題。

如果你正在當地一所學校講述學習新的外語的必要性，請別把話題轉移到校長的薪水上去。

在演講中使用圖片？你是在演講，不是在發表學術報告。你不可能將每一個在你腦海中一閃而過的好主意都囊括進來。

記住法國啟蒙思想家伏爾泰（Voltaire）的名言：「『無趣』的奧祕便在於『說出一切』。」

如果無話可說，你該怎麼做

假設你想不出任何想要談論的東西。

不必擔心，如果不知道該說什麼，你可以問自己一些基本的問題。這些問題可以是關於你的部門、公司、產業的，諸如此類。像個記者一樣去發現問題，挖掘吸引人的素材。

- 誰？誰讓我們陷入當前的麻煩？誰能幫我們擺脫困境？誰真正該為此事負責？誰會從這個專案中獲益？誰會因我們的成功而獲得認同？我們的團隊該有哪些成員？如果此次併購失敗，誰將承擔惡果？
- 什麼？這種情況意味著什麼？實際上發生了什麼？什麼地方出錯？我們目前處於什麼狀態？我們希望發生什麼事？未來將帶給我們什麼？我們最突出的優點是什麼？我們最致命的弱點是什麼？
- 何處？我們下一步該往何處去？我們可以從何處獲得幫助？我們應該從何處縮減預算？我們應該向何處投資？我們應從何處尋找專業知識？未來五年我們想去往何處？我們可以往哪裡擴展業務？下一個問題會出自何處？
- 何時？事態何時開始惡化？情況何時開始改善？我們何時第一次參與進來？我們何時可以準備好接手新計畫？公司何時可以看到進步？我們何時能賺錢？我們何

時可以擴編人員？

- 為何？此事為何會發生？我們為何會參與？我們為何不參與？我們為何這麼晚才參與？我們為何讓這種困境繼續？我們為何舉行這次會議？我們為何要堅持這個行動方針？我們為何該繼續保持耐心？他們為何開始這個計畫？
- 如何？我們如何擺脫這種狀況？我們又是如何陷入了這種狀況？如何解釋我們的立場？我們要如何保護自己？我們該如何繼續？我們該如何消費？要如何開發我們的資源？如何保持我們的良好聲譽？如何改善我們的形象？這一計畫究竟如何才能有成果？
- 如果……會怎樣？如果可以改變稅收法規會怎樣？如果我們建造另一家工廠會怎樣？如果土地用途管制規則不發生改變會怎樣？如果我們擴展出其他的子公司會怎樣？如果成本持續上漲會怎樣？如果我們的招募工作做得更好會怎樣？

這些問題可以引導你產出一些有趣的想法。假如你還需要更多靈感，可以做這些事：瀏覽其他的專業領域網站；以不同的角度看部落格網站；閱讀其他學科的學術期刊；快速瀏覽你通常不會閱讀的雜誌；看看國外的出版品；持續關注某個網站的ＲＳＳ

（Really Simple Syndication）一兩個星期；加入一個新的LinkedIn商業社群小組，去看看別人有什麼想法。總之，著手去做些什麼，以便發現新的視野。

簡而言之，要隨時隨地歡迎靈感的到來。美國畫家格蘭特・伍德（Grant Wood）曾經承認說：「我那些真正的好點子都是在擠牛奶的時候想到的。」

英國偵探小說家阿嘉莎・克莉絲蒂（Agatha Christie）坦承她常在洗碗時得到最棒的想法。

美國作家薇拉・凱瑟（Willa Cather）會藉由閱讀《聖經》尋找靈感。

所以，你要學會用眼睛去觀察，用耳朵去傾聽，隨時隨地準備迎接好想法的光臨。

少懷念過去，多期待未來。美國第三任總統湯瑪斯・傑弗遜（Thomas Jefferson）曾說：「相比於緬懷歷史，我更喜歡憧憬未來。」大多數觀眾會有同樣的感覺。別用你所處產業的「五年歷史回顧」來惹人厭煩，反之，你該告訴他們，你的產業在未來一年內將如何影響他們的生活。

有一個可以讓你專注於自己演講內容的好辦法，就是問自己：「如果我站在那個演講桌前的時間只有六十秒，什麼訊息是我必須向聽眾傳達的呢？」沒有什麼比這六十秒的限制更能讓人集中注意力了！

問問自己：「這群人會對什麼內容感興趣？」

媒體大亨泰德．透納（Ted Turner）曾遇過這種情況，他原本計畫要在紐約發表演講，但在去的路上他仍然還沒想好演講的內容：「我只是在想，我要說些什麼。」然後透納宣布，他將捐款十億美元給聯合國。你可以想像當時餐桌邊的觀眾們的反應。透納的演講不僅讓觀眾們驚訝得張大了嘴，還為慈善事業帶來了改變。

你不必在演講過程中捐出十億美元，但你的演講至少應該是有趣的。

而且你演講的時間不能太長。我用傑弗遜總統的一句話來總結：「以小時計的演講，幾個小時後就會被人忘記。」

Chapter

02 準確定位你的觀眾

不要將觀眾看成你的顧客，要永遠把他們當成你的搭檔。

——吉米．史都華（Jimmy Stewart）

成功的溝通需要交流的雙方相互合作。演講者不應該「對」觀眾說話，而是要「和」他們說話。聰明的演講者會將觀眾看作是交流過程中的搭檔，他們的演講也就更容易獲得成功。

這就意味著：演講者需要理解他的觀眾，完全地理解他們。

美國新聞工作者哈羅德．羅斯（Harold Ross）在一九二五年為《紐約客》（*The New Yorker*）雜誌所做的簡介中，將雜誌內容總結為：「不是為了迪比克這種小城市裡的老婦人而編輯的。」這句話成功定位了該雜誌的潛在讀者群。而對於那些和觀眾面對面互動的演講者來說，他們需要對自己的觀眾進行更準確的定位。在你花一分鐘研究主題之前，在你為演講稿寫下第一個字之前，首先你要定位自己的觀眾。本章會為你列出需要注意的問題。

觀眾對演講主題的熟悉程度

觀眾對你要演講的主題已經有多少了解？他們在哪裡獲得的訊息？他們還需要或者想要知道多少內容？

例如，如果是在公眾論壇上進行軍事演講，你就需要為觀眾提供必要的背景資料，以便他們理解你要講的內容。但切記不要一次灌輸他們太多訊息。適量的背景資料能幫助觀眾更理解你想傳達的內容，而過多的訊息只會把他們弄暈。

觀眾對演講持有的態度

為什麼這些人要來聽你的演講？他們是真的對這個主題感興趣，還是有人（可能是他們的老板或老師）要求他們參加？他們的態度是友善的、懷有敵意的，還是冷漠的？

面對「懷有敵意的觀眾」，我要提出一句忠告：不要太快斷定觀眾會持敵對態度，千萬別隨時準備跟他們叫陣。即使觀眾不同意你的觀點，他們也可能會欣賞你開放的思維、細心的推理和客觀的分析方法。

另外，觀眾隨時可能改變想法。用美國最高法院史上任期最長的大法官威廉·道格拉斯（William O. Douglas）的話來說：「昨天還對你喝倒彩的觀眾，今天沒準兒就會為你鼓掌，即使你今天的表現並沒有什麼不同。」

面對「冷漠的」觀眾，我要提出一句忠告：有些人可能對你的演講主題毫無興趣。他們或許並不是主動想來的，也許只是想趁此機會溜出辦公室。你當然對自己的演講主題感興趣，但你會發現很多人並非如此。

給他們驚喜，讓他們震驚，使他們眼前一亮。可以引用奇聞逸事和各種範例，運用你的風趣幽默來讓他們集中注意力。

觀眾的先入之見

觀眾會對你和你的職業產生先入為主的想法嗎？別忘了，人永遠做不到絕對客觀。感性經常會壓倒理性。

試著想像一下觀眾對你的感覺。

有一種有效的方法可以讓觀眾留下印象，就是讓他們感到震驚，以此來應對並打破他們的先入之見。如果能讓他們在情感上感到驚訝，你就有可能影響他們的理性層面。

例如，你是一位社會工作者，觀眾可能會產生一種先入為主的觀念。他們會覺得你慷他人之慨，根本不知道社會服務會讓納稅人付出多大代價。要想打破這種先入之見，你需要談一談如何削減社會機構的管理成本，談到如何加強對濫用職權之輩的懲罰，還可以說說如何樹立個人的責任意識。

這種方法會讓觀眾感到驚喜，並且多半能給他們留下深刻的印象。他們將更有可能記住你的演講內容。

觀眾的規模

觀眾人數的多少並不會影響你要演講的主題，但絕對會影響你處理話題的方式。

小規模和大規模的觀眾群各有不同的傾聽喜好和心理取向。聰明的演講者知道如何滿足各個群體的需要。小規模觀眾群的成員（例如少於十五或二十人的群體，可能是董事會或家長教師協會），相互之間基本上都有較深的認識。他們經常可以預料彼此對新想法的反應。

小規模觀眾群的成員往往會給說話者更多的關注，因為中途走神對他們來說太危險。他們可能了解你的作風，害怕被講台上傳來的某個意想不到的問題給難倒，例如說話者說：「我沒有參與這個項目，但我相信保羅．史密斯可以為我們講講這方面的內容。保羅，你能站起來和我們分享一下最新的細節嗎？」

運用小規模觀眾群「注意力較為集中」的特點，你可以強調事情的道理，並提供可靠訊息。

大規模觀眾群的成員通常不認識彼此。他們更喜歡坐在後排，讓別人感覺不到自己的存在。這更方便他們中途神遊與發呆。

面對大規模觀眾演講時，你可以、也確實應該做到更加幽默，更富有感情，更引人注目，這對於小規模觀眾來說可能顯得畫蛇添足的修辭手法，此時就能派上用場。觀眾人數越多，對「精采表現」的需求就越強烈。

大規模觀眾的成員更可能這樣想：「來吧，把我認出來，抓住我的笑點，鼓舞我的精神，讓我帶著良好的自我感覺離場。」你要滿足他們的這些需求。

另外，關於為什麼每次演講前都要知道觀眾人數的規模大小，還有一個重要原因。顯然，如果你事先猜想會有幾百人來參加，那麼當最終只有四十人出現時，你可能會感到尷尬和失望。從另一方面來說，想想以下經歷會有多糟糕。某一衛生組織的發言人經常向小規模的護士觀眾群講話。有次她出席會議，知道自己要在一間大禮堂中對幾百名護士發言，然而她不懂得如何使用麥克風，她的投影片內容也不夠大膽新穎，她還沒有足夠多的文字資料能發給觀眾。這種時候，難道她不會緊張和不知所措嗎？

觀眾的年齡

在演講前必須弄清楚觀眾的年齡範圍，並依此計畫你的演講，這一點十分重要。適用某一年齡層觀眾的內容，可能對另一年齡層的觀眾產生反作用。就像軍隊使用反覆訓練的方法能成功馴服毛躁的十九歲新兵，但也許並不適用於六十歲的老兵。（幾位副官曾經為了請示雷根總統，使用投影片對他反覆講述內容，等他們結束說明打開燈後，卻發現總統睡得正香，而且幾乎在場的所有人都睡著了。）

所以，花點時間考慮你的觀眾年齡。設想一下，你必須在一次特別的市民會議上代表公司發言。該會議將在晚上七點開始，而你預料到有些觀眾會帶家人出席，其中包括帶小孩的父母。那麼，你可以計畫與在座擁有房產的業主談談制定新的土地用途管理規則，你一定要有心理準備，可能會有小腳丫在走道上劈劈啪啪跑來跑去的聲音，還可能會有嬰兒因為餓了而大哭。

你要意識到這些干擾是不可避免的，而且可能會在你演講進行到最關鍵時發生。如果你能在心理上預備好如何回應這些突發情況（或者你已經準備了一些小笑話），當干擾出現時，你就會少一分慌亂。

又或者你是和一群大學生談話。首先要運用開場白來吸引年輕人，然後保持活躍氣氛，層層深入，言簡意賅。（如果能輔以先進的視覺設備就再好不過了。）

觀眾的男女比例

提前詢問大致的男女比例，運用這類訊息來準備適當的統計數字和例子。

同時，確保你引用的資料不失衡。假如你在演講中引用了七位專家的意見，而這七位專家都是男性，那麼觀眾會注意到你對女性專家的忽視。你的研究要採納男女比例均衡的意見，觀眾才會覺得可信。

觀眾的經濟狀況

假設你是代表當地的電力公司發言。一個富裕、有社區意識的群體，可能會讚許你們公司對地區文化團體慷慨解囊的舉動。但那些每月領固定薪水的人，並不關心你們公司是不是每年捐款三萬美元給當地交響樂團。他們更願意聽到削減電費的具體措施，或者你們有沒有捐款給當地的公共圖書館，因為他們每週都可以從那裡借到免費的圖書和影音光碟。

觀眾的教育背景

我曾經聽過一名工程師向社會各種群體談論他們公司的計畫。然而，不論觀眾是工程專業的研究生，還是在該領域沒有任何經驗的退休人員，他都以同一種方式做演講。

你應該知道，他那大量涉及專業技術的演講內容對退休人員來說有多難理解。

當然，你不需要刪減演講內容的重點，只是要用一種觀眾容易理解的方式來講述。

觀眾的政治傾向

即使你不打算在某次演講中提及政治問題，也需要了解這批觀眾的政治傾向。他們是否曾對某件國家大事表明立場？他們有沒有積極支持過某位地方候選人？他們會在某些問題上堅持一成不變的觀點嗎？

教宗若望保祿二世（Pope John Paul II）於一九九八年訪問古巴，他對自由的明確態度贏得聖地亞哥露天集會上成千上萬人的掌聲。

二〇一一年，美國國務卿希拉蕊·柯林頓（Hillary Rodham Clinton）在發表有關「非異性戀者」權益的歷史性演講中，承認了這一問題的政治敏感，同時明確表示「非異性戀者」的權益與種族平等以及婦女權益一樣，都該受到社會的重視：「每個人都該得到尊重，每個人的人權都該受到保護，無論他們是誰，無論他們愛誰。」

觀眾的文化生活

在週日下午，你的觀眾是會參觀博物館、上網購物，還是帶孩子去公園？他們會讀什麼雜誌？是《經濟學人》（*The Economist*）、《好主婦》（*Good Housekeeping*），還是《連線》（*Wired*）？

所有這些訊息都能幫你了解你的觀眾。了解觀眾之後，你能為他們帶來更具吸引力的演講。此外，還有一個特別的驚喜是，你將能更輕鬆應對觀眾的問答時間。

那麼，你要如何快速獲得這些觀眾的相關訊息呢？以下有十一個小技巧：

1

瀏覽演講主辦方的網站，由此來獲取相關的背景資料。這樣你不用動嘴，就能擁有一份有關觀眾群的有用訊息。

2

與邀請你演講的聯絡人談談。如果對方太忙無法幫助你，就請他們推薦其他有時間的人來回答你的問題，請他們提供對方的姓名和聯絡方式。不要滿足於你從網路找來的背景資料。這無法幫你深入了解觀眾的性格。

3

要求查看之前類似活動的回饋紀錄。看看以往的觀眾最喜歡什麼？最不喜歡什麼？

4

如果可能的話，與之前的演講者聊聊。看看他們得到什麼樣的經驗。什麼方式行得通？什麼方式行不通？如果再給他們一次機會，他們會在哪些地方做出改變？

與將成為你的觀眾的人交談。類似的活動通常是什麼型式？有什麼事是他們特別不喜歡的嗎？也許是因為找不到停車位而遲到，或者房間太小讓人不舒服。除非親自問問他們，不然這些事你是無法得知的。

5

我曾經參加過某歷史社團的一場精采演講，但是由於到場觀眾人數太多，房間裡的座位被占滿，我不得不站在門口的走廊上聽。此外，由於車輛過多，大家只好把車停到附近，而該地段恰巧屬於一家殯儀館。這件事不是我編出來的，演講進行到最後時（前面非常精采，我們被每一句話、每一張圖片給吸引），突然被打斷，有人通知我們趕緊把車從殯儀館的停車場移走，因為有一場葬禮就要開始。觀眾們一下子跑了出去，可以說是飛奔而出。他們沒時間留下來參與問答時間，演講者也沒有機會說完早就準備好的總結。

明白我的意思了嗎？最小、最不起眼的細節可能會破壞一場原本算得上精采的演講。為了避免讓細節打敗你的演講，一定要先把所有細節都了解清楚。

6

詢問主辦方負責公關的人員，是否能與你分享有關主辦方的有用訊息。

7

聯絡主辦方的相關負責人。不過，對他們提供的資料要持保留態度。他們給的一般是「官方」資料，很少會將你真正需要的坦率意見提供給你。

8

如果是去外地演講，請先瀏覽當地商會的網站，了解該地區的地方特點。

9

加入社群媒體。可以提出問題，參與討論，但不要做得太過頭。你的目的是向現場觀眾傳達新穎活潑的訊息，而不是在網路上洩露演講內容。

10

動用常識。認真思考，坐下來好好想想你的觀眾，試著從他們的角度看待你的演講主題。

11

最重要的是，運用一點想像力。好奇心會帶給你回報，正如愛因斯坦說過的：「重要的是不要停止質疑。好奇心自有它存在的理由。」

額外的明智提醒

對不同的觀眾群做相同的演講並非明智之舉，為什麼呢？

- 你最終會對重複使用相同的內容心生厭倦，而你的厭煩會表現出來。
- 沒有哪兩位觀眾是一樣的。不同的觀眾會有不同的態度、興趣和無法忍受的事物。這裡存在一種正比關係：你越是想把所有的觀眾都混為一談，他們就越會忽視甚至是討厭你。
- 你怎麼知道觀眾中不會有人在其他地方聽過你完全相同的演講？

不可能嗎？想想這種尷尬的情形。在某個週一早晨，地點是紐約的華爾道夫飯店，某位部長在美國報業出版商協會的早餐會之前，宣讀了他對大家的祝福。當天稍晚，他回到華爾道夫飯店，又在美聯社的午餐會上宣讀了祝福。結果呢？你應該猜到了——他兩次宣讀的祝福語是完全相同的，而那些參加了兩次會議的觀眾，甚至能從中挑出重複的用語。

更糟糕的是，《紐約時報》（*The New York Times*）很快便聽說了這個事情，還將它刊登出來，並配上「找找哪裡不同」的標題。

可笑嗎？當然。所幸這件事發生在其他演講者身上，而不是你身上。

預先進行觀眾分析

準備過程一旦開始，就要盡可能地了解你的觀眾。儘早注意這些訊息將為你省去時間和煩惱。

1、本次活動會有多少人參加？
2、年齡範圍？
3、男女比例？
4、教育背景？
5、文化背景？
6、關於我或我的組織，他們了解多少？
7、a）他們是在哪裡得知這些訊息（或錯誤訊息）的？
　　b）他們是在什麼時候得到這些訊息（或錯誤訊息）的？
8、我該如何消除他們可能有的誤解？
9、a）在我的工作中有什麼細節會讓他們產生興趣？
　　b）演講主題裡的什麼細節會讓他們產生興趣？
10、這一觀眾群認為什麼樣的訊息來源最可靠？

Chapter

03 你將在什麼地點、什麼時間演講？

人類語言裡最可怕的一句話就是：「我們以前一直是這麼做的。」

——葛麗絲．霍普（Grace Hopper），海軍少將

從多年前成為一名職業演講撰稿人開始，我就一直密切注意自己每次發表演講的地點和時間。有一回，我演講的地點是在垃圾掩埋場（對，你沒看錯，就是垃圾掩埋場）。我原以為一切都在預料之中，但忽略了一個因素：海鷗。大聲鳴叫的海鷗會時不時突然俯衝下來，而且還成群結隊。

我本來是打算做一次簡要的發言，但很快就發現，如果你演講的地點是個不時會遭到海鷗襲擊的垃圾場，再簡要的發言也無法順利進行下去。

請記取我的教訓。在了解你的觀眾之後，下一步要做的事情就是考慮你發表演講的地點和時間。你一定要慎重對待演講準備工作裡的這一部分。

此時，先別鑽研你的演講主題，也不要擔心如何整理收集到的資料。寫演講稿這件事更是想都不要想。在目前這個階段，你要關注的只有演講地點和演講時間。

地點

我們先從最基本的說起。你演講的確切地點是哪裡？

- 一家大型企業的培訓中心？
- 一所大學的禮堂？
- 一間小型的市政廳會議室？
- 一所高中的教室？
- 一家飯店的會議室？
- 一家劇院？
- 一座體育館？
- 一家餐廳？
- 一處戶外平台？

以上地點對演講來說有什麼不同嗎？當然有！

準備適用於既定地點的演講

下面用一些例子來分別說明各種情況：

- 如果你是在戶外平台上發言（就像畢業典禮上常會遇到的情況），請時刻注意天氣變化。如果六月的暴雷豪雨突然來臨，你要知道該怎麼快速為自己的發言做「圓滿的收尾」。
- 如果你要在一個大型宴會廳發言，可以提前準備一些救援的小笑話，以備不時之需。例如，服務生突然過來為大家倒咖啡，你說話的聲音就會被餐具的碰撞聲淹沒。
- 如果你是在飯店的會議室裡發言，請帶上一些文字標示牌，如「會議進行中，請保持安靜」，將這些標示牌貼在會議室門口，以提醒走道上來往經過的人保持安靜。你會發現這一招很管用。
- 如果你沒去過相關地點，可以在網路上查看那裡的資料，向該次活動的主辦人詢問相關場地的具體情況，了解你將要站在哪裡，觀眾會坐在哪裡，椅子是否可以移動，是否提供餐點，如果提供的話，餐席將設在何處。

提前「查看」，將有助於提升實際發言時的舒適度。

你演講的地點是否在本地？調查清楚這些情況。不僅要考慮你發表演講的確切地點，還要了解該地點的周邊狀況。

演講地點是在一個歷史悠久的紀念碑旁邊？在著名的大學裡？在空軍基地？在文學界名人的雕像旁？還是位於著名的科學園區裡？如果是的話，或許可以把它們納入演講的開場白。

將既定地點與你的演講主題做連結

第四十四任美國總統歐巴馬（Barack Obama）選擇在布拉格發表任內第一次重要的外交政策演說。二〇〇九年春季的某一天，歐巴馬總統從他身後的雕像說起，以此開始了他的演講：

矗立在我身後的是捷克人民的英雄——湯瑪斯·馬薩里克（Thomas

Masaryk）總統的雕像。一九一八年，在美國承諾支持捷克獨立後，馬薩里克總統在芝加哥對著十萬餘名觀眾發表了談話。我覺得我的演講無法企及他的高度（笑聲），但我依舊為能追隨他的腳步從芝加哥來到布拉格而深感榮幸。

一千多年以來，布拉格已經脫離了世界上其他任何地方及任何城市的掌控。她經歷了戰爭與和平；她見證了帝國的興衰；她引領了藝術、科學、政治和詩歌的革命。一路走來，布拉格人民堅持追尋自己的道路，掌握著自己的命運……

諾基亞（Nokia）前總裁康培凱（Olli-Pekka Kallasvuo）在二〇一〇年的國際消費電子展上（該展覽通常在美國拉斯維加斯舉行），向圍得水洩不通的觀眾發表演說。請注意他是如何運用演講地點來吸引觀眾的注意：

眾所周知，拉斯維加斯是一座致力於追求快樂和遊戲的城市。它被設計成一個虛幻的世界——一處逃離煩惱的勝地。而我今天上午要做的卻是帶你們去一個跟拉斯維加斯十分不同的世界，一個極其現實的世界。

這個世界就是我們大多數地球居民生活的世界。這個世界的大部分地方都離你很遙遠，就像拉斯維加斯長街的富麗堂皇那樣觸不可及。在這個世界裡，每天都有數以百萬的人在為了生存而奮鬥。

但這也是一個機會越來越多、階級流動越來越大的世界。在這裡，創造財富的速度快得令人難以置信，新的創造欣欣向榮，商業機會不計其數，未來將比以往任何時候都更加光明。

行動通信在為數十億人帶來希望和提高他們的生活水準方面，發揮了重要作用。隨著智慧型手機的使用在全球普及，其影響有望日益增大……

時間

你可以拖延，但時間不等人。

——班傑明．富蘭克林（Ben Franklin），美國開國元勛

我們還是從最基本的開始說起。你是在哪個具體的時間做演講呢？

- 早餐會？
- 上午十點左右的研討會？
- 午餐之前？
- 午餐時間，服務生正好在你發言時整理桌面？
- 吃完午餐之後，人們回到辦公座位之前？
- 下午三點左右的小組會議上？
- 下午四點，作為當天研討會的最後一位發言者？

- 晚上九點，作為晚餐的餐後發言者？
- 晚上十一點，作為晚餐後的最後一位發言者？

準備適用於不同時間的演講

運用你的想像力，要從觀眾的角度來思考問題——他們的腦袋裡會想些什麼？舉例來說：

- 如果你是在早餐會上發表談話，就一定要做到簡明扼要。為什麼呢？觀眾們因為早餐會不得不早起一兩個小時，還會因為趕時間而被迫更換通勤的交通工具。不僅如此，他們接下來還要面對一整天的工作。如果你的發言沒什麼意思的話，他們會特別失望。再者，如果你的發言不夠清晰簡潔，讓他們不能及時趕回去工作的話，便會把滿腔怒火都發洩在你身上。
- 如果你是在下午三點左右的小組會議上發言，請提前確認你會不會是第一位或最後一位發言的人。小組會議是出了名的拖沓，最後一位發言的人一般都會覺得自己的時間「被壓縮掉」。要考慮現實，必要的話做好縮短發言時間的準備。

人類學家愛德華·霍爾（Edward Hall）一直致力於研究人們怎樣使用「時間」。霍爾在一九五九年的著作《沉默的語言》（*The Silent Language*）中提出他的觀察結果：

美國的工廠經理們都充分體認到，在上午或下午的中間時段來溝通的重要性，例如在上午十點或者下午三點左右，工人們會樂於暫時放下手頭的工作來聽他們說話。每當想發布重要通知時，經理們就會問：「我們應該在什麼時候讓他們知道？」

如果你是在晚宴（可能是為了慶祝退休或別的事）之後發言，要知道觀眾們已經吃喝喝好幾個小時了。此時他們心情愉悅，也想保持這種好心情。所以不要讓冗長刻板的發言毀了這個美好的夜晚。

美國政治家阿德萊·史蒂文森（Adlai Ewing Stevenson）說得對：「我聽過最棒的餐後講話是：服務員，買單。」

應該要求在某個特定時間演講嗎？

如果這麼做能夠改善你的演講效果，當然沒問題。例如，假設你被安排在一連串頒獎儀式後發言，但你懷疑觀眾在聽了一大段的獲獎感言後會變得不耐煩，而且事實證明你的懷疑是對的。此時你該怎麼做？

- 態度堅決。向活動的主辦者表明你樂意觀看頒獎儀式，但並不願意在頒獎儀式後緊接著發言。
- 如果你需要用到光線較暗的房間來播放投影片，請要求在上午發言。避免在午餐或晚餐後立即讓觀眾進入昏暗的房間，它有催眠作用。你最不想見到的就是自己的演講被觀眾的鼾聲打斷吧。

獲得媒體關注的小技巧

若你想要獲取更多的關注，就要創造性地選擇傳遞訊息的具體時間和地點。

例如，美國的瑪氏食品公司（Mars, Inc.）在一九九五年宣布為旗下廣受歡迎的M&M巧克力豆推出一款顏色不同的新品，他們選擇在紐約帝國大廈發表新的藍色

M&M巧克力豆，還特地將這座大廈為此次活動點上藍色燈光。

卡夫食品公司（Kraft）在二〇一二年迎來明星產品Oreo餅乾的百歲生日時，整個上海外灘呈現出巨大的Oreo廣告（還配上五彩繽紛的煙火）……美國七個城市中都有快閃族突然唱起「祝你生日快樂」……委內瑞拉則透過砸皮納塔（世界多地流行的小遊戲，砸爛用彩紙糊成的玩偶，便會得到玩偶內的小禮物）的方式為Oreo餅乾慶祝百歲生日。各大社群媒體上更是熱鬧非凡，Oreo的忠實顧客紛紛上傳照片，以表達喜悅之情。

二〇一三年，孩之寶玩具公司（Hasbro）決定替換其代表性產品大富翁遊戲中的棋子，為此在臉書（Facebook）發起投票，這代表遊戲玩家第一次對該遊戲中的八種棋子有了話語權。來自一百二十多個國家的粉絲投了票。最終，位於美國羅德島的孩之寶公司總部向全世界宣布，將用一隻貓取代原先的熨斗形象。

將明確時間與你的演講主題做連結

二〇一一年十月三十一日，殼牌集團當時的CEO彼得・沃瑟（Peter Voser）在新加坡能源峰會上發表談話。也是在這一天，世界人口總數突破了七十億大關。沃瑟從這個具有里程碑意義的「歷史性時刻」切入，開始他的發言：

今天，是地球發展過程中的一個重要里程碑：在世界上的某個地方——很可能是在亞洲——一位母親生下了我們這個星球的第七十億位公民。

當然，我們永遠都不會知道這第七十億位公民是誰。我們也永遠不會知道他到底出生在哪裡。但是根據聯合國的電腦估算，今天就是那個孩子的生日。

Chapter

04 如何為你的演講收集資料？

如果我們知道自己在做什麼，那就不叫科學研究了，不是嗎？

——阿爾伯特．愛因斯坦

在了解觀眾的基本情況、考慮發言的時間和地點後，你下一步要做的就是為演講收集資料。但不要急著堆砌資料。相反，你要先坐下來想一想。

動動你的腦筋

你的大腦始終是最好的訊息來源。問問自己：「對於這個主題我有多少了解？」然後把腦海中出現的想法簡要地記下來。

此時不用擔心怎麼組織語言，你要做的只是記下一些粗略的內容。把重要的事實、觀點和想法——只要是你知道的，統統記下來。可能的話，把你的筆記先放個一兩天，然後再回過頭去看。

接下來，你要做的是把特定的訊息挑出來，包括統計數據、引用語、案例、定義、歷史實例、對流行文化參考資料的引用，以及採用比較和對比等形式的具體資料。簡而言之，找出具體論據來佐證你的整個論點。

還有，如果你的具體論據種類不夠豐富，一定要設法多加一些。你不能在一次演講裡塞入三十八種統計資料，然後就放手不管了。你需要收集各種資料：幾則統計數字，一條恰當的定義，一部分合適的例子，一次對當天新聞的大致歸納，一則個人的小趣事，還有一條專業意見。懂了嗎？你需要用多種類型的資料來吸引聽眾注意。

如果你不清楚要收集哪些資料，請查看本章最後關於收集資料的清單。

捨棄哪些資料？

作為演講者，你擁有決定權：你可以選擇具體的演講主題，還可以決定保留哪些資料，捨棄哪些資料。去除無用的訊息和保留有用的訊息，同樣重要。

該捨棄的是：

- 不相關的細節
- 無聊的細節
- 任何你無法查證的資料
- 任何你不想在第二天的報紙上看到的內容
- 任何你不希望到了明年還被別人提起的內容

從觀眾的角度看問題

只有當你把演講主題和觀眾的想法、問題和經歷做連結，觀眾才能真正理解你表達的內容。所以，要從觀眾而不是你的角度出發來看問題。

例如，不要光想著抱怨你所在的機構缺失。就算你的某些抱怨合情合理，來聽演講的人也大多不太在意。他們自己還有大把的麻煩沒解決呢。

你要做的是，將自己在意的事和觀眾在意的事做連結，找到有助於觀眾理解你的情感「共鳴」。

可以談談觀眾的切身利益。告訴他們要是你所處的組織能改善當前狀況，他們將如何受益。

例如，假設你正在為當地的圖書館做籌款演說。如果圖書館籌集到更多的資金，觀眾們會獲得哪些好處呢？是得到更長的館內閱讀時間？週日不閉館服務？專供兒童閱讀的時段？還是增設商務與職業中心？

從觀眾的角度出發看問題，你會更有效率。觀眾更信任和喜愛那些能真正為他們考慮的演講者。

發揮統計數據的效用

有些人認為一串串的統計數字很無聊，那是因為這些數據沒能以正確的方式傳達給他們。

統計數據可以變得非常有趣，你只要這麼做：

1

讓觀眾覺得你提供的數據資料真實可信。試著這麼說：「今天我們要花一小時來談談在學校增設性教育課程的必要性，要知道（某個數量）的青少年可能在自己還是孩子的時候就有了小孩。」

或者你可以說：「在你今晚收看最喜愛的電視節目時，我們的戒毒諮詢熱線可能會接到四十五通求助電話。那些求助者中會不會有一個是你的孩子呢？」

2

用簡單易懂的形式呈現統計資料。不要直接說你支持的候選人今年將會為選民郵寄（某個具體數量）百萬封信件。你應該換一種說法，說該候選人所在選區的每個信箱中都會有三封信是候選人寄給選民的。每個家裡有信箱的人都會明白這個數字意味著什麼。

3

學會取整數。不要說「九十九萬七千七百七十五位客戶」，而應該說「將近一百萬位客戶」。讓觀眾能輕易地理解並記住你提供的數據資料。

4

間歇地使用數字。觀眾無法一次接收多組數字。過多使用統計資料會招致他們的厭煩。

當國際職業婦女協會的會員談到該組織致力於改善全球婦女和女童的生活時，他們使用了令人信服的敘述型表達，而統計數據的運用則相對較少。他們仔細選取少量數據，旨在增加說服力和擴大影響。請看國際職業婦女協會在二〇一三年的演講中出現的統計數字：

a. 在所有被跨國販賣的人口中，有百分之七十九是女性。
b. 每三位女性中就會有一位曾被毆打、被強迫發生性行為，或終生受到虐待。
c. 在全球八點八億成人文盲中，有三分之二是女性。

5

將數據放在恰當的位置。最佳西方國際酒店（Best Western Hotels & Resorts）的CEO江大衛（David Kong），他使用數據來說明該公司在社群媒體的優異表現：

「我們集團屬於社群媒體的早期用戶。我們在臉書上發布的動態有近五十萬用戶按讚，這一數字領先業界。我們上傳到YouTube的影片獲得的觀看次數是業界平均值的二・五倍。

我們在推特擁有的粉絲數量占總用戶人數的百分之四十四，這一數字遠遠超過任何其他品牌。難怪康奈爾大學的酒店管理學院（Cornell Hotel School）在社群媒體報告中說，最佳西方國際酒店在社群媒體的表現，是整個業界中最精采的。」

6

讓數據圖像化。試著用圖像來解釋你的數據。你可以說「它有四個足球場那麼長」，或者「這一疊紙堆起來，會有對面街上的銀行大廈那麼高」，還可以說「它足以填滿一個大到能容納一百節火車車廂的洞穴」。

我想強調的是，使用現實生活中真實可見的事物，來幫助觀眾理解你提出的數字。

7

將時間提示放在數據之前。以下這個例子是豐田汽車北美公司的總裁寺島茂樹（Shigeki Terashi）發表的一則講話：

「二〇一二年年初，我們開始了從日本到北美的一連串生產轉變。我們宣布在美國的印第安納州、西維吉尼亞州、密蘇里州、肯塔基州、阿拉巴馬州和加拿大的兩個省進行產能擴張。這些擴張計畫的投資金額達十五億美元，同時創造了超過三千五百個就業機會。」

快速練習一下，大聲朗讀第一句話，你有沒有注意到將「二〇一二年年初」放在句首給觀眾帶來的幫助？請運用這種演講稿寫作技巧：讓觀眾在聽到統計數據之前，先了解時間框架。

8

不要因為使用數據而向觀眾致歉。沒有經驗的演講者喜歡說：「我也不想用大段的數字來煩你們，但是……」然而在致歉之後，他們接著又會採用選得不好、也不恰當的數據來煩自己的觀眾。

你要避免落入這種陷阱。如果你遵循本章中使用數據的原則，你的數字將不會招人厭煩。實際上，它們還會為你的演講增添很多趣味。

引用別人說過的話

對一句經典的話來說，最重要的是它是誰說出來的，其次是誰是第一個引用它的人。

——拉爾夫．瓦爾多．愛默生（Ralph Waldo Emerson）

觀眾會喜歡聽你引用別人的話，只要你能做到：

1

引用含有修辭手法的話語。美國第三十九任總統吉米．卡特（Jimmy Carter），當年在宣布自己參加總統競選的演講中，引用了英國前首相邱吉爾的話：「幾個世紀以來，我們沒能越過大洋，翻過山脈，跨過草原，因為我們都是糖果做成的。」

2

將引用的話融入演講的上下文中。不要說「我引用……引用完畢」，而是應該先暫停一下，然後加重語音強調你引用的內容。

二〇〇七年，美國馬里蘭州時任副州長安東尼．布朗（Anthony Browne）的辦公室為「黑人歷史月」準備了主題演講，當時他們引用這句短小有力的話：「我們每一個人……都有責任促進美國夢的實現。用弗雷德里克．道格拉斯（Frederick Douglass）的話來說，『若不加以約束，權力就會被濫用。過去是這樣，將來也是』。」

3

避免引用冗長複雜的話語。確保引用的部分言簡意賅，刪除或改寫拖沓的部分。

4

引用語的出處要與演講主題和觀眾有關。二〇一三年，時任歐洲中央銀行行長馬里奧．德拉吉（Mario Draghi）在德國法蘭克福工商會發表談話，當時他引用歐盟委員會第一任主席華特．霍爾斯坦（Walter Hallstein）說過的話：「在歐盟事務上，只有不現實的人才會不相信奇蹟。」

5

你的引用語聽起來要順耳。在確保你能正確講出說話者的名字之前，不要急著引用他的任何話。我曾經聽過一個發言人引用「德國知名作家歌德」的話。不幸的是，他把名字唸成「歌迪」，結果造成引用失誤、發言人自身也名譽受損。

6

發掘會帶給人情緒上影響的引用語。一九三九年，英國國王喬治六世在發表當年的皇家聖誕文告時，引用自己剛剛讀到的幾行詩作為結語。

「我對站在新年之門前的那個人說：『請給我光，讓我平安地走向未知。』他回說：『面對黑暗，把你的雙手放到上帝的手中。那比光還亮，比已知的道路更安全。』」

最後，喬治六世用一句祝福結束他的談話：「願那隻上帝之手能引導並支持我們所有人。」

為愛好歷史的讀者加個小註：上文中的詩句是英國女詩人米妮．路易絲．哈斯金斯（Minnie Louise Haskins）的詩集《沙漠》中的作品〈新年之門〉（*The Gate of the Year*），這位詩人當時是倫敦經濟學院的一名教師。自國王在聖誕文告中引用該詩後，〈新年之門〉就在整個英國廣為流傳。喬治六世的妻子伊麗莎白王后更是喜愛這首詩。二〇〇二年，在伊麗莎白王太后的國葬上，應她生前的要求，大聲誦讀了這些詩句。

7

審慎地使用引用語。你的發言應當表現你自己的想法和專長，所以不要一下引用幾十句其他人的話。在為時十五分鐘的發言中，引用一兩次別人的話即可。但記住，隨著引用的次數增多，引用語產生的效果會急劇下降。

使用「定義」

定義在演講中用得太少。很多演講者過度使用統計資料，卻忽視了定義的作用。這種做法很不妥，因為好的定義能為演講增色不少。

請看以下這些定義指南：

1 用日常使用的詞彙來下定義。避免「字典式」的定義。例如說出「根據韋氏詞典中的定義」這種話，聽起來顯得很外行。

2 參閱本書附錄，學習如何提出生動的圖像定義。

a. 約翰．昆頓爵士（Sir John Quinton，英國銀行家）：「政治家就是這樣的人，當他們在隧道盡頭看見光明的時候，會走出去再買下更多的隧道。」

b.詹姆斯・沃克（James J. Walker，紐約市前市長）：「改革者是划著玻璃底的船過下水道的人。」

c.格魯喬・馬克斯（Groucho Marx，美國電影演員）：「政治是『找麻煩』的藝術，先找到各處的問題，再提出錯誤的診斷，最後施以無效的補救方法。」

d.吉米・卡特（美國前總統）：「目前的稅收結構……就是專為富人而設的福利計畫。」

3 — 用你自己的方式和語言來定義你所在的機構。

二〇一二年，美國費城大學城科學中心CEO史蒂芬・唐（Stephen S. Tang）博士在德拉瓦州的演講令我印象深刻。唐博士從科學中心影響地區活力的角度出發，討論設立科學中心的重要性，當時他將美國費城的大學城科學中心定義為：

「作為全美國歷史最悠久、規模最大的城市科學園區，科學中心自一九六三年以來一直支持著該地區的創新和創業活動。換句話說，五十年來，我們一直在創造未來。」

使用諺語

二〇一三年，在來自美國康乃狄克州紐敦市的家人陪同下，紐約市前任市長麥可·彭博（Michael Bloomberg）談到「聯邦槍枝管理法規」存在的必要，當時在場的還有時任副總統的喬·拜登（Joe Biden）。彭博在發言中引用了一則諺語來說明問題：

猶太人有這樣一句諺語：「記住過去是自我救贖的祕訣。」這句話告訴我們：如果忘記過去所受的苦難，就注定要重蹈覆轍。但如果我們記住過去，並從中汲取教訓，就能將自己從命運的車輪下救起。

這就是我們今天聚在這裡的原因。因為我們相信，我們有責任讓我們的國家免遭槍枝暴力的傷害，不再讓它全年無休地奪走生命、蹂躪心靈……

使用比較和對比

選擇與觀眾日常生活相關的比較對象。里歐・德羅許爾（Leo Durocher）擔任布魯克林道奇隊的主教練時，曾因在一場雙方比分十分接近的比賽中未能及時將一名投手撤出，引起觀眾的不滿。後來，一位記者問他怎麼看待人群的反應。德羅許爾的回答中用了一個比喻：「棒球場就像教堂。去做禮拜的人很多，能理解經義的卻很少。」

紐約市前市長魯道夫・朱利安尼（Rudolph Giuliani）在退職演說中，他將美國紐約的世貿中心比作一個偉大的戰場。在九一一世貿中心遺址旁，朱利安尼說道：「從現在開始，此處將成為被人類銘記百年千年的地方，就像歐洲和美國那些著名的戰場一樣……例如諾曼地、福吉谷、邦克山，或是蓋茨堡。」

二〇一二年，美國商會在斯洛伐克針舉辦了主題為「數位保護和網路安全」的研討會。研討會開始後不久，我剛好去布拉提斯拉瓦（斯洛伐克的首都）旅行，看到了一則公告，內容是美國大使塞奇威克將發表主題演講，旨在強調美國和歐盟雙方在隱私規則方面達成一致的必要性。目的是什麼呢？如此一來，數據資料就可以像人和物品一樣在國家之間自由流通。塞奇威克大使將斯洛伐克的經濟與其他國家的經濟做了比較：「現在在歐洲各國中，斯洛伐克的經濟增長得最快。」

如何使用例子

恰當的例子有助於將你傳達的訊息「刻印在」觀眾腦海裡。

美國前總統小布希（George Walker Bush）在有關幹細胞研究的全美談話中，舉了一些極具說服力的個人實例：「我朋友中有些人的孩子患有青少年糖尿病。前第一夫人南西曾寫信告訴我，雷根總統與阿茲海默症搏鬥的經過。我自己的家庭也曾遭遇過兒童白血病釀成的悲劇。」

如何使用奇聞逸事

觀眾喜歡聽有趣的奇聞逸事。更重要的是，他們喜歡那些說奇聞逸事的演講者。本書的附錄列出很多參考書和網站，你可以在其中找到一些有趣的奇聞逸事。不過你不需要花費數小時在網路上或圖書館裡查奇聞，最吸引人的細節往往來自你自己的經歷。

被譽為「偉大溝通者」的美國前總統羅納德．雷根（Ronald Reagan），顯然知道使用奇聞逸事的重要性。以下是一九八四年時，他與全美福音派協會分享的一則簡短個人小故事：

> 二戰期間，我記得在紐約麥迪遜廣場花園舉行過一場集會，是要向大家推薦戰爭債券。那場集會有很多人參加。然後，人群中有一位當時月薪五十四美元的年輕人說了一句話，令當天在場的所有人永遠都不會忘記。這個年輕人名

叫喬・路易斯（Joe Louis），沒錯，就是那個從棉花地裡走出來的重量級拳擊世界冠軍。當天，這個月薪五十四美元的毛頭小子，在所有名人離開後走到了舞台中央，他說：「我知道我們一定會贏，因為我們站在上帝這邊。」他說完這句話之後，人們一瞬間陷入沉默，隨即爆發出雷鳴般的喝采聲。

前美國交通運輸部部長諾曼・峰田（Norman Mineta），在九一一恐怖攻擊事件發生後的幾個星期，他在羅徹斯特大學發表演講，談話時他提到自己作為一名日裔美國人的慘痛經歷。峰田描述二戰期間日裔美國人所遭受的不公正待遇，並敦促人們吸取恐怖攻擊事件的教訓，不要再不公正地對待阿拉伯裔和信仰伊斯蘭教的美國人。諾曼・峰田的個人經歷為他的政治演說增強了說服力。

蒐集資料的總結

有經驗的觀眾會質疑你的資料來源。要確保你的資料對特定觀眾群來說是可靠和恰當。再強調一次，每位觀眾都是不同的，要學會採用不同種類的資料來滿足他們的不同需求。

我想重申一點：一定要在你的演講中用到多種類型的資料。也許是一兩則引用語、一個例子、一些純粹的統計數字、一個恰當的定義、一個比較，也可以是簡要地提及當天的新聞。這些不同種類的資料能讓你的演講變得更有趣、更可信、更引人入勝。

請注意，有些人可能會拒絕接收特定類型的資料。「喜歡數字的人」可能會認為個人的奇聞逸事有些無聊。「傾向於聽別人口述的人」則可能不信任統計資料，寧願以聽奇聞逸事的形式接收訊息。

要學會綜合使用技巧，以便將資訊傳達給每一位觀眾。

正如美國演員貝蒂・蜜勒（Bette Midler）說到自己是如何準備一場精采的演出時提

到：「我總是設法找到輕與重之間的平衡——讓『因人文精神落下的淚水』和『亮片與流蘇』和諧並存。」

這種平衡適用於任何試圖為自己的演講蒐集資料的人。豐富的資料種類是有用的，能為我們帶來一場更加難忘的演講。

蒐集資料：使用多種類型的資料

使用以下清單來核對你在演講中用到的資料類型，量化你所收集的訊息。很多演講者會發現自己用了過多的統計數字或引用語，除此之外，其他種類的資料卻無一涉及。如果你發現自己依靠的只有兩三種資料，那就在增加資料種類方面加把勁。

- □奇聞逸事
- □歷史案例
- □表格
- □比較和對比
- □歷史上的今天
- □定義
- □示範
- □權威人士背書
- □例子
- □圖表
- □訪談資料（影音片段）
- □信件（來自客戶、社群、官員、供應商等）
- □新聞故事
- □民意調查
- □流行文化參考資料
- □道具
- □引用語
- □統計數據
- □專家意見

Chapter

05 撰寫演講稿

對於作家來說，所有醒著的時間都是工作時間。只要是在清醒的狀態下，他們就在寫作，甚至經常在夢裡還想著寫作。

——艾德娜．費伯（Edna Ferber），一九二五年普立茲小說獎得主

在你進行過充分的思考，規劃並蒐集足夠的資料之後，接下來到了坐下來寫演講稿的時候。

如何才能寫出一篇優質的演講稿呢？你要記住兩點：

1——內容簡潔。

2——篇幅短小。

那要如何才能寫出一篇精采的演講稿呢？

1——使內容更加簡潔。

2——讓篇幅更加短小。

在這一章裡，我將告訴大家如何寫出簡明易懂的演講稿。在下一章，將提供大家具體的寫作技巧，使你們的演講內容能被觀眾牢記。

這兩章內容是本書的核心。請仔細閱讀。然後拿著鉛筆再讀一次，將你認為重要的內容標記出來。身為職業演講撰稿人，這些內容是我總結全部的演講稿寫作知識。

從不失敗的寫作模式

以下是一篇成功的演講稿應遵循的寫作模式。採用這一模式永遠不會出問題。

- 告知觀眾你要說什麼。
- 依次談論你要說的內容。
- 總結你說過的內容。

開場：告知觀眾你要說什麼

我就不賣關子了，演講稿的開場是最難寫的部分。如果你在演講開始的最初半分鐘裡沒能成功博得觀眾的注意，那麼你很可能會賠掉整場演講。

開場要「語驚四座」——可以借用奇聞逸事、驚人的數據資料、引用語、個人的觀察結果，或可以連結演講地點談一談……總之要使用一切可能的手段吸引觀眾注意。

帶給你的觀眾一次愉快的聆聽體驗。講一個笑話作為演講開場是有風險的。如果它沒能達到預想的幽默效果，就會造成開場的失敗。所以別隨便用笑話，除非你有絕對的把握可以講得好笑。就算你能做到，前提也必須是該笑話篇幅很短，而且內容跟演講主題有關。

千萬千萬不要在開場時這麼說：「我今天聽到一個很有趣的故事。雖然這個故事與我的演講沒有任何關係，但我想它至少能逗你們笑一笑。」

你要在開場用到以下這些技巧。

人稱的使用上以「你」為主導

盡可能地用到第二人稱「你」。它能在演講者和觀眾之間建立密切的連結，也有助於促進觀眾之間產生情感聯繫。如此一來，每個人都會覺得自己參與了同一個事件，並對同樣的議題產生興趣。

二〇一二年，美國醫療健康服務網站WebMD的兒科醫生漢莎．巴爾加瓦博士（Hansa Bhargava），在前第一夫人蜜雪兒．歐巴馬（Michelle Obama）主持的佛羅里達州霍姆斯特德的市民大會上發表演說。這場市民大會由該醫療健康服務網站主辦，旨在讓每家每戶能有更健康的生活。巴爾加瓦博士專注於兒童肥胖症的研究。請注意她是如何用「你」的人稱來拉近與觀眾的距離：

重要的不僅僅是你吃了哪些食物，還有在什麼時間、以什麼方式吃。你應該好好地坐在桌子旁邊吃飯，而不是邊看電視邊吃飯。如此你才能知道你吃了什麼，才能好好地享用美食。而且要記住：盡可能地在家裡吃飯，因為這樣能使你健康幸福。

使用短句

以下是小約翰·巴恩斯（John Barnes Jr.）任職美國新罕布夏州參議員時，某次在畢業典禮上的演講開場：

我希望在座的每位畢業生都知道：選擇權永遠在你自己手中。

你可以留下，也可以離開。你可以專注於負面因素，也能強調正面因素。

你可以因為某件事懷恨在心，也能讓它隨風而逝。你可以選擇溫和的表達，也能採用批判的口吻。你可以繼續走那條難走的路，也能選一條新路從頭開始。

你可以選擇說出一切，也可以保持沉默。

快速練習：注意小約翰·巴恩斯對短句的有效使用。數一數這兩段內容中出現的每個單句的字數，大部分單句的長度都在十個字左右。

加入和演講地點有關的細節

比爾·達爾伯格（Bill Dahlberg）以美國南方電力公司CEO的身分，在喬治亞州北部迪卡爾布商會演講，他以自己在當地的經歷開始：

五十年前，我父親帶著全家搬到位於石頭山西南一個名為「山景」的小社區。那裡最大的商店是「希拉姆·科洛家雜貨店」。只要你沿著那家店所在的街道繼續走四百公尺左右，就能到達「路易斯·科洛家雜貨店」。假如你再沿路向前走一小段距離，「傑伊·科洛家乳製品和雜貨商店」就會出現在你眼前。這些店可能是迪卡爾布最早出現的家庭經營式連鎖商店。我上學的前三年是在一間只有兩個屋子的校舍裡度過。整間校舍只有一個取暖用煤爐，我清楚地記得浴室是在戶外。當然，迪卡爾布現在擁有規模龐大的學校——很大，也很擁擠。現在，這些學校的房舍裡都裝了空調。

結合演講日期的內容

假如你將在六月十四日發表演講，請先了解歷史上的這一天發生過什麼事，再看看當天發生的事跟演講主題有無關聯。使用「歷史上的今天」這一技巧是引人注目且明智的做法。新聞媒體都喜歡用這種方法。更重要的是，這種做法準備起來又快又簡單。

本書最後的附錄詳細列出相關網站和參考書（編注：皆為英文），可供你查詢「歷史上的今天發生了什麼事」。這些資源會對你非常有用的。

引用你的職業經歷或個人經歷，二者都引用更好

美國約翰漢考克人壽保險公司前CEO詹姆斯．莫頓（E. James Morton），曾在美

國工作與家庭大會上發言，他憑以下開場贏得觀眾的信服：

以下，我將盡我所能地去做到鼓舞人心和高瞻遠矚……我經由培訓成為精算師。大家對精算師的定義通常是：由於性格原因做不了會計師的人。鼓舞人心和高瞻遠矚通常不在我們職業技能的範疇之內。不過，我們稍微了解一點人口統計學的知識，知道如何根據數據資料預測發展趨勢，接下來我就盡可能地按要求發言吧。

我還要說一句，就我個人來說，我的生活狀況的確讓我在處理家庭事務上擁有相當豐富的經驗。我有一位九十歲的老母親，三個女兒，分別是四十一歲、二十六歲和八歲；一個九個月大的外孫；以及屬於美國嬰兒潮世代的妻子，她的母親是二戰時期從冰島來的戰時新娘，我們沒有住在同一個城市，我們一般會在週末坐車去看她。以上情況使我相信，我可以將任何人提出的人口或家庭狀況和自己的經歷連結在一起。

特殊場合下的演講開場

—如果你是替補演講者發言—

如果你是臨時受邀過來發言，在演講的開場向觀眾說明情況，然後馬上進入後面的內容即可。不要為「你是臨時來發言」一事做過多解釋。

的確，觀眾期待的演講者可能另有其人，但只要你能帶來有趣的內容，他們也會非常樂意聽你說話。真的是這樣。

—如果你在其他城市演講—

避免使用以下這種千篇一律的開場：「我很高興能來到辛辛那提／費城／瓦拉瓦拉。」

觀眾在聽到你這麼說之後，腦海中產生的第一個想法就是：「為什麼？」他們會問自己：「他到底為什麼如此高興來到辛辛那提／費城／瓦拉瓦拉啊？」至於你演講的地點，你是否在那裡出生？你是不是在那裡念大學？你的第一份工作是不是從那裡開始？如果是，把這些經歷告訴觀眾。他們會因為你個人與該地的連結而對你產生親切感。

─如果你是最後一位發言的人─

那麼你的發言就要做到簡短和生動。記住，可憐的觀眾們已經坐在台下聽了一場又一場演講，對他們來說，那些發言可能一次比一次冗長乏味！所以，你要讓他們休息一下，在演講結束時帶著好心情離場。

有一次，作家蕭伯納要在一連串演講人後面發言，他採取這種方法：在主持人介紹過他、觀眾的掌聲平息下來之後，他只說一句：「女士們、先生們，對這個話題的討論可能無窮無盡，但我們已經筋疲力盡了。」說完這句總結後，他就坐下來結束發言。

這個故事或許值得我們學習。不過，對於職業演說家來說（例如歐普拉．溫芙蕾這樣的大明星，每場演講的報酬能達到十萬美元，美國前總統比爾．柯林頓的演講報酬高達每場二十萬美元），觀眾們可能很期待他們好好發言，畢竟在場觀眾是花了錢的。

那麼，對於並非職業演說家的我們來說呢？蕭伯納的做法或許值得參考。

開場要注意的事項

你沒有必要用「女士、先生們，晚安」作為開頭，這類問候語其實都是空話。你要做的是跳過這一環節，直接切入演講主題。

大部分開頭的致謝語也是如此。這些致謝語聽起來會給人一種很客套的感覺，而客套是不能用在演講開場的。無論如何，要避免使用千篇一律的開場形式。

因循守舊的演講，幾乎每場開頭都有類似這樣的話：「我為今天可以站在此處深感榮幸。」演講者這麼說難道不是把觀眾當小孩子嗎？演講什麼時候變成演講者的莫大榮幸了？

大家都知道，演講不是一件容易的事。對大多數人來說，只要不讓他們站起來發言，任何事他們都願意去做。

不要面帶假笑地說些無用的空話。觀眾們很容易識破你的偽裝，卻很難原諒你的做法。

如果你真對自己的演講充滿熱情，這份熱情會在發言內容中展現出來。你根本不需要用花俏的開場來營造虛情假意的氣氛。

主體：依次談論你要說的內容

做任何事之前都要規劃一番，等到你真正著手時才不會手忙腳亂。

——克里斯多夫・羅賓（Christopher Robin，《小熊維尼》的角色）

缺乏經驗的演講撰稿人總想面面俱到，這就是他們犯的第一個錯誤。你需要將手上的資料加以精煉，並控制重點的數量。

如果你把全部討論都集中在一個中心點上，觀眾就能更加容易理解。

如果你想著：「這個話題太重要了，我一定要把每一個細節都解釋清楚。」這極有可能表示你正在往死胡同裡鑽。

如果你想把有所內容全都囊括進一次演講，那麼你的觀眾可能最後什麼也聽不明白。道理就是如此簡單。

無論你的演講要講述什麼主題，你都要先歸納資料、精煉重點、整理資料的順序。

要做這些事可以有很多種方法，選一種最適合你的即可。

時間順序

按照時間順序劃分你的資料，可以從過去到現在再到將來，也可以是任何你認為可行的模式。這種方法很有效，因為它把一切要點都串聯起來。

像是談談歷史上的重大變革是如何影響人們的生活品質。如果可能的話，還可以告訴觀眾，這些變革怎樣影響他們的生活。

因果順序

例如，你加入的環保團體是否策劃了當地最成功的資源回收計畫？那就說說你們是如何做到的，讓其他團體可以從你們實際執行的過程中學到成功經驗。

或是，你的行銷計畫曾經出了問題，還導致其他麻煩？若是你的演講要提到這件事，可以用因果關係來安排你的內容。

你所處的公益組織今年成功削減了汽燃油的消耗量？告訴觀眾你們是怎麼辦到的，

是對車輛進行更好的維護、選擇更有效率的路線，還是更廣泛使用電子通信設備（例如多用Skype網路電話召開視訊會議，減少需要開車參加的會議）等。

數字順序

你可以讓數字從大到小按降冪排列，也可以讓數字從小到大按升冪排列。

假設你想向觀眾展示你們公司是如何提升石油產量，先將各階段的產量按照升冪排列，再分別於各階段的產量旁標注實際發生了哪些事件。如此一來，觀眾就能明白你們公司的石油產量為什麼會提高。

假設你想告訴觀眾，你所在的銷售部門如何有效降低偷竊行為的發生，就要向他們說明那些數字為什麼會降低。

你提到的數字必須要有人為事件作為支撐。唯有這樣，觀眾才會覺得你提供的數字是合理的。

解決問題的順序

若是要談論你的學費援助計畫出了問題，就把相關問題告訴觀眾，並提出一些解決方案。

採用這一順序時，你要坦率而真誠。如果遇到了問題，就大大方方地挑出來跟觀眾說清楚。還有一種可能是，觀眾早已了解你遇到的問題。坦率地承認問題，會留給大家誠實可信的印象。

此外，如果你感覺自己的解決方案並不能真正解決問題，那就不用說出來了。沒有人喜歡聽你故弄玄虛。

地理位置順序

若你要在公司的全國銷售大會上發言，那麼你可以先從東部地區的銷售情況開始報告，再按照地理位置的次序一路向西介紹。

你要核對公司下游工廠的實際支出？你可以先從北部的工廠開始，再按照地理位置一路往南核對。

你要評估所在地的銀行各分行的經營狀況？就以社區為單位逐個評估。

你要為所在集團下屬的八千名員工召開全球大會？就以國別為單位分別通知各國員工，要是能用各國的語言就更好了，例如「Guten Tag」（德語的「你好」），「Bonjour」（法語的「你好」），以此類推。

英文字母順序

為什麼不按照英文字母表的順序來排序呢？這種排序方法對觀眾來說肯定非常容易理解。況且在某些特定情況下，按字母排序是唯一可取的方式，例如在列出公司各部門名單的時候。

心理需求順序

有時候，根據觀眾的心理需求來安排演講內容能取得最佳效果。

對觀眾來說最容易接受的內容是什麼？聽起來最舒服的又是什麼？而最有趣的呢？

可以把這些內容優先放在前面。

想一想你的觀眾可能會表現出哪些態度。如果你不想看到他們對你的演講表現出抗拒的情緒，就直接切入主題。抓住觀眾感興趣的地方，把他們最容易接受的內容放在最前面。

不要期望你說的每句話都能讓全部觀眾信服。通常來說，有爭議的觀點是無法被所有觀眾接受的。

在談論商界的某些敏感話題時（例如支持或反對核能的商業用途、勞資或管理糾紛等），需要考慮觀眾的心理需求。

轉場用語

不論你使用哪種排序方式，都要確保自己能按照這種順序流暢地講下去。不要從上一個話題直接跳到下一個，也不要離題。

如果你說了類似這樣的話：「不過在談論那個話題之前，我想先跟大家說一些有關我們公司歷史的背景知識。」那麼在接下來的演講中肯定會遇到麻煩。

要確保話題能順利推進，使用意義明確的轉場用語來幫助觀眾理解你談的內容。你可以試試這些說法：

- 以下請看第二部分……
- 現在請看……
- 關於供應方面就說到這裡，那麼需求方面呢？
- 現在切換到西部地區……
- 我們再來展望一下未來五年……

你可以將這些轉場用語看作是語言中的「訊號」，它們會幫助觀眾跟上演講者的思路。

特殊場合

假設你們公司現在正面臨嚴峻的危機，而你需要向員工說明這種情況，你該怎麼做呢？

1 列出幾個足以說明情況嚴重性的明確事實。這要放在最前面，千萬不要誇大事實，否則員工會質疑你的動機。

2 提出解除當前危機的可行辦法，例如縮減預算、提高產量等等。

3 懇求公司每位員工提出他們的意見並提供支持，確保解決方法順利施行。明白告訴他們，你對他們有哪些期望。

注意，不要把一切不好的情況都當作危機來處理，否則你會失去員工對你的信任。在職業生涯中，你最多能「碰到」一次或兩次危機，不能再多了。如果你試圖把一切不順心的情況都定義為「危機」，員工就會把你當成總是喊「狼來了」的人，他們就沒有耐心再相信真的有狼了。

—如何承認你犯了一個錯誤—

你有沒有判斷失誤的時候？有沒有做過愚蠢的決定？有沒有在某職位上用錯人？有

沒有過支持某球隊，而它卻輸掉比賽的經歷？有沒有誤走過危險的路線？遮掩過失沒有任何意義，其實大家都心知肚明。所以，還不如公開承認你犯的錯誤，澄清事實再準備好迎接未來的挑戰。

—如何引導觀眾的情緒—

你想要談論一個悲劇？一次社會危機？一場自然災害？現實點吧。聽眾可能會感到疲憊、悲傷、恐懼、憤怒或沮喪。他們既沒有時間也沒有心情來聽一大段的敘述。

你甚至可能連自己的情緒都控制不好。所以，在開始任何可能導致觀眾情緒波動的內容之前，先仔細想想你能否控制好自己的情緒。

二〇一二年，颶風「桑迪」襲捲了美國紐澤西州，當時州長克里斯．克里斯蒂（Chris Christie）在歐巴馬總統的陪伴下，發表了鼓舞人心的談話，旨在激勵該州人民無懼災害、繼續前行：

> 我昨天說的都是真心話。我知道，悲痛籠罩著我們……感到悲痛是正常的，因為我們遭受了一些損失。幸運的是人員傷亡不多，我們該為此感謝上

帝。但我們確實遭受到損失，這次颶風帶來的損害，是我在紐澤西生活這麼長時間以來見過最嚴重的。但就算如此，我們也不允許所有堅強的紐澤西人被悲痛打倒。所以我們要站起來，我們要重建家園，我們要讓紐澤西州恢復原貌，這是每一個紐澤西人的使命。

—如何表達失望—

假設你們公司的某項重大計畫失敗了，並且這件事情已經公開，你接下來要做的就是告訴員工，你們之前的計畫為什麼會失敗，然後再做一些新的規劃。

你要知道，員工可能對這次失敗的計畫極為敏感，他們還會害怕自己要為這次失敗承擔責任。要安撫他們，告訴他們計畫本身並沒有問題。還要告訴他們，根據擬訂計畫時的實際情況，該計畫是可行的。沒人能預測到事態會突然變化，從而導致原計畫失敗。

員工只有在知道自己免受指責之後，才能放下心來好好聽你說話。這時你要清楚且客觀地闡釋問題在哪裡。你可以承認自己對此感到失望，但不要糾結於過去的失敗。現在你要關注的是基於新資料擬訂的新計畫。

如何將消極轉化為積極

這裡有一個例子。

雖然對歷史遺蹟的保護既符合商業發展的趨勢，也滿足環境保護的需要，但遺蹟保護工作本身的價值經常被忽略。對很多人來說，看著那些歷經歲月洗禮的歷史建築時，他們看到的僅僅是破敗的老房子。接下來，請看新罕布夏州前參議員珍妮・福瑞斯特（Jeanie Forrester）是怎麼做的。

二〇一三年三月，在新罕布夏州召開的歷史遺蹟保護聯合會議上，福瑞斯特參議員發表了開幕致辭。她的發言讓觀眾和媒體意識到，原來經常被他們忽視的歷史遺蹟日常保護工作如此重要。她怎麼做到的呢？她這麼說：

> 有些人能看著眼前的建築說：「是我建造了它。」而建築維護工作者的情況卻有些不一樣。他們可以指著一處久經歲月的老建築，自豪地對大家說：「是我讓它保存了下來。」

注意福瑞斯特對第一人稱的使用：「我建造了它」和「我讓它保存了下來」。這種演講技巧可以使任何演講變得更加有趣、更有說服力。

一最後一點一

記得檢查演講稿，確保你說了「第一點」後，還有「第二點」。否則你的觀眾會迷失在錯亂的內容裡，甚至你自己也有可能迷失。

謹慎使用「第一點、第二點、第三點」，確保在一篇演講中最多使用一遍。如果你在一篇演講中多次使用「第一點、第二點、第三點」，觀眾會昏頭的。

結語：總結你說過的內容

現在到了結語的部分。這一部分內容要簡單而直接，千萬不能再加入什麼新想法。此時你一定要避免在結尾處再穿插進任何附加內容。

因為現在再加入內容已經來不及了。結語可能是整篇演講中觀眾唯一能記住的部分，所以一定要讓這部分產生令人難忘的效果。

以下是結束一場演講時的有效方法。

表達謝意

二〇一三年，德國總理安格拉．梅克爾（Angela Merkel）在新年致辭中用表達感激之情的方式作結尾：

> 此時此刻，我們更應該想想那些守護我們安全的人，不論他們此刻是在我們身邊，還是在遙遠的他鄉。
>
> 他們就是我們的軍人、警察和民兵們，這些人為了保護我們做了極大的自我犧牲。藉由與他們談話，我才明白到，時時刻刻有人在牽掛著他們的這個事實，對他們來說意義有多重大。今晚，我尤其想向他們表達謝意。
>
> ……讓我們攜手努力，在接下來的一年裡繼續凝聚力量、接受考驗。我們

的團結一心和持續創新，將為德國經濟提供發展的動力。今後，德國會繼續保持關愛之心，在成功的道路上繼續前行。

分享你的個人哲學

暢銷書《與鯊共泳》（*Swim With the Sharks Without Being Eaten Alive*）的作者哈維・麥凱（Harvey Mackay），他曾在美國賓州州立大學工商管理碩士的畢業典禮上致辭，當時他分享一則自己的童年小故事，成功感染了觀眾的情緒：

在我小時候，我爸爸認識一位名叫伯尼的叔叔。伯尼叔叔是靠賣菜起家。他一生勤勤懇懇，後來成了一名水果蔬菜批發商，並因此發達致富。每年夏天西瓜剛上市的時候，爸爸就會帶我一起去伯尼叔叔的果蔬倉庫飽餐一頓。伯尼叔叔會從田地現摘幾個大西瓜，再切開分給我們每個人一大塊。當時，我們都跟著伯尼叔叔學，只吃西瓜最中間的部分，也就是最紅、最多汁、最好吃的那一部分，吃完就把剩下部分都扔掉。

我爸爸錢賺得始終不多。我們從小就被教育要吃光盤中的菜，不能浪費食物。在爸爸看來，伯尼叔叔算是有錢人，我一直以為這是因為伯尼叔叔的生意真的做得很成功。

幾年之後，我才意識到，爸爸是欽佩伯尼叔叔擁有的「財富」——我發現爸爸也學會了在盛夏農忙時節暫時放下手頭工作，跟幾個朋友聚在一起吃西瓜，而且只吃中間的部分。

人是否富有並不在於錢多錢少。富有是一種精神狀態。對我們當中的某些人來說，不管已經賺了多少錢，他們都不捨得暫停工作，花時間來吃西瓜。而對另一些人來說，提前預支一次薪水就能讓他們覺得自己很富有。

引經據典

對於悼詞和追思詞來說，引用《聖經》中的句子，可能有助於在悲傷的觀眾們之間營造出冷靜的氛圍。歐巴馬總統曾在康乃狄克州紐敦市的宗教團體集會上致辭，紀念桑迪．胡克小學槍擊案的遇害者，他發言的結語是：

「讓小孩子到我這裡來，」耶穌說，「不要禁止他們——因為在天國的，正是這樣的人。」

夏洛特、丹尼爾、奧莉維亞、約瑟芬、安娜、迪倫、馬德琳、凱瑟琳、蔡斯、傑西、詹姆士、葛瑞絲、艾密莉、傑克、諾亞、卡羅琳、潔西卡、班傑明、艾維勒、艾莉森。

上帝已經把他們都接去天國了。對於我們這些倖存者來說，我們要做的就是整理心情、繼續前進，把我們的國家建設成一個值得他們回憶的地方。

願上帝能收留並恩待已經去往天堂的人。願上帝照顧我們這些依然倖存於人世的人。願他能保佑並守護我們的社會，以及我們的美國。

使用短小有力的動詞

還記得文法課上學過的內容嗎？記得劃分句子結構中的動詞、名詞、形容詞、副詞的這些部分嗎？在撰寫演講稿的過程中，動詞的使用最為重要。你要多使用短小有力的動詞。你選擇的動詞越短小有力，表達效果就越好。

以下幾個例子就使用了強有力的動詞：

- 美國第三十六任總統林登·詹森（Lyndon Baines Johnson）曾在一次廣播談話中，對於二十世紀六十年代美國社會暴亂頻傳的狀況說道：「美國從未賦予人民搶商店、燒房子和爬到屋頂上開槍的權利。」注意他用的短小動詞「搶（loot）、燒（burn）、開槍（fire）」，這幾個詞不僅都只由四個字母組成，還都是單音節的詞（編注：此處指英文語法）。
- 美國第二十八任總統伍德羅·威爾遜（Woodrow Wilson）在首都華盛頓的某次發表談話中說：「每個在華盛頓聯邦政府機構任職的人，最後不是獲得成長就是自我膨脹……我密切地關注著他們，看他們是在成長還是在膨脹。」同樣，試著感受英文動詞「成長（grow）、膨脹（swell）」的表達效果。
- 荷蘭女王碧翠斯（Beatrix）於二〇一三年在新加坡進行國事訪問時，她的發言中用到了一個特別的動詞：「新加坡充滿著能量！」（原文為：Singapore buzzes with energy）請注意這個僅由四個英文單字組成的短句所表達出的效果。

使用對比強烈的反問句

類似以下的提問效果會很明顯：

「我們能承擔這麼做的後果嗎？或者更明確地說，我們能承擔不這麼做的後果嗎？」

使用令人印象深刻的詞彙

- 「我們應該回歸以前的傳統競爭模式，在那種模式下，取勝靠的是實力而不是財力。」這句結語用兩個形式相同（都以「力」結尾）但意思相對立的詞來吸引聽眾注意。
- 「我們透過不斷努力，把本部門打造得出類拔萃。並計畫使這一狀態一直保持下去。」這句話中使用「出類拔萃（Tip-top）」一詞，「出類」和「拔萃」在意義上的重複產生了強調的作用。
- 「是的，我們遇到了一些問題，但已經及時糾正過來。或許我們的口號應該改為

『瞄準（Sighted）潛艇，擊沉（sank）潛艇』。」此處巧妙地使用了英語的頭韻法，即開頭連續使用字母相同的單詞。

- 「人事部門的培訓活動嚴格遵循一條準則，就是『所得（earning）』源於『學習（learning）』。」英語的押韻手法可以引人注意，但不要濫用。

做出莊嚴的承諾

美國遭遇九一一恐怖攻擊事件之後，在全國公祭日上，海軍中將、美國海岸警衛隊隊員泰德·艾倫（Thad Allen）於維吉尼亞州諾福克市的水濱公園發表演講，以下是他當時的結語：

> 我們無法解答無解的難題。我們無法改變過去。我們也無法還原已經失去的東西。
>
> 但我們可以站在此處，告訴仍受到恐怖主義威脅的人們：我們相信……我們信奉的價值觀是學會銘記、學會尊重、學會為職責獻身。我們會牢記那些逝

者，會尊重法律權威，會為履行自己的職責全力以赴，不論這份職責是什麼，也不論這份職責要求我們做什麼。

我們會時刻準備著……隨時待命。

Chapter

06 如何讓內容簡單明瞭？

所有天才的最珍貴品格就是，能用一句話說清楚的事絕對不用兩句話。

——湯瑪斯．傑佛遜

如何做到字字珠璣

演講稿不是寫下來給人閱讀的，而是用來唸給別人聽。這意味著你需要讓內容既簡單又易於理解。要為耳朵而寫，不要為了眼睛而寫。

記住，你的談話內容對觀眾來說只能聽一遍。不像讀書或看報紙，遇到沒弄明白的部分還能回頭再讀。所以，在準備演講稿時，你就要刪除一切不易理解的部分。

千萬不要停在初稿內容。完成初稿之後，下一步要做的就是把它大聲讀出來。

初稿完成後，不要立即修改，應該隔一段時間再改。時間允許的話，寫好的稿子可以先放在一旁，等到第二天或是幾天後再翻開重新審視。修改時，你可以在紙本文稿上用紅筆做標記，也可以直接在電子檔中做修改。要果斷地把該刪掉的內容全都刪除。

本章中將一步步詳細告訴大家如何簡化演講語言。主要重點是：

- 選擇恰當的詞語
- 簡化詞組
- 縮減句子的長度

使用簡單直接的詞語（均附上原書英文詞彙）

請參照以下表格替換演講稿中的詞語：

原詞語	替換為
精簡 abbreviate	縮短 shorten
招待 accommodate	服務 serve
建議 advise	說 tell
總數達 aggregate	一共、全部 total、whole
預期 anticipate	期望 expect
將近 approximately	大約 about
探知 ascertain	查出、想出 find out、figure out
急遽增長 burgeoning	發展 growing
終止 cessation	結束 end
認知 cognizant	知道 aware
發端 commencement	開始、開頭 start、beginning
使得 compel	使 make
組成 component	部分 part
推測 conjecture	猜想 guess
當前 currently	現在 now
亡故 deceased	已死 dead
論證 demonstrate	表明 show
渴求 desire	想要 want
判定 determine	查出 find out
微小 diminutive	小 little
交談 discourse	說話 talk
散布 disseminate	傳開 spread

原詞語	替換為
拷貝 duplicate	複製 copy
刪減 eliminate	去掉 cut out
闡明 elucidate	說明 clarify
邂逅 encounter	遇到 meet
試圖 endeavor	嘗試 try
聘用 engage	雇 hire
連根拔除 eradicate	消滅 wipe out
執行 execute	做 do
促進 expedite	加快 speed
斷氣 expire	死 die
易於 facilitate	方便 make easy
可行 feasible	使 send
遞送 forward	寄 send
滋生 generate	產生、造成 make、cause
迄今為止 heretofore	到現在 until now
舉例說明 illustrate	說明 show
指出 indicate	說 say
起初 initial	最先 first
詢問 inquire	問 ask
定位 locate	找到 find
養護 maintenance	維修 upkeep
微小 marginal	小的 small
大量 numerous	很多 many

原詞語	替換為
觀察 observe	看 see、watch
獲取 obtain	得到 get
操作 operate	使用 work、use
起源 originated	開始 began
瀏覽 peruse	讀 read
促使 precipitate	造成 cause
隨即 presently	不久 soon
努力取得 procure	得到 get、take
概括 recapitulate	總結 sum up
休整 recess	休息 break
給酬勞 remunerate	報酬 pay
致使 render	帶來 give、send
展現 represents	是 is
需求 require	需要 need
居住 reside	住 live
居所 residence	家 home
保有 retain	保持 keep
檢閱 review	檢查 check
浸透 saturate	濕透 soak
徵求 solicit	問 ask
陳述 stated	說 said
嚴厲 stringent	嚴格 strict
提交 submit	交 send

原詞語	替換為
後續 subsequent	下一個 next
可觀的 substantial	大量的 large
充裕的 sufficient	足夠的 enough
供給 supply	給 send
終止 terminate	結束 end
運用 utilize	用 use
騰出 vacate	離開 leave
車輛 vehicle	卡車、轎車、小貨車、公共汽車 truck、car、van、bus
核實 verifi cation	證明 proof

美國前總統林肯（Abraham Lincoln）發表的蓋茨堡演說是世界上最值得銘記的演說之一。這篇演講稿中四分之三的用語都是簡單的詞。我們可以參考這場演講，學著依照這種模式來撰寫演講稿。

避免使用行業術語

對於從政的人來說，「基礎建設」（infrastructure）是我們必須學會的英文單詞裡字母最多的一個，所以我們也經常提到它。

——卡洛・貝勒米（Carol Bellamy），紐約市市政委員會前主席

行業術語不能用在演講稿中。說術語會留給人打官腔的印象，而且觀眾傾向於直接忽略聽到的術語。有些觀眾甚至會因為演講者用了術語而對他們產生心理隔閡。所以，不要使用術語。

行業術語	通俗易懂的詞
依據推測估計 a guesstimate	大概是 a rough estimate
概念化 conceptualize	想像 imagine
定案 finalize	完成 finish、complete
實施 implement	實現 carry out
接洽 interface	聊聊 talk with
意味深長 meaningful	真正 real
運轉 operational	可行 okay、working
最適宜的 optimum	最棒的 best
產出 output	結果 results
界限 parameters	範圍 limits
運用 utilization	用 use
切實可行 viable	行得通 workable

避免使用委婉說法

委婉說法會讓一場演講臃腫不堪，請用通俗易懂的詞語替換掉它們。

委婉說法	通俗易懂的詞
分級策略 classifi cation device	檢驗 test
處於不利地位 disadvantaged	可憐的 poor
庫存損失 inventory shrinkage	失竊 theft
缺乏動機 motivational deprivation	怠惰 laziness
離開人世 passed away	死 died
終止合作 terminated	解雇 fired
非法或任意剝奪生命 unlawful or arbitrary deprivation of life	謀殺 murder
未事先安排的整治 unscheduled intensified repairs	緊急修復 emergency repairs

避免使用語意模糊的修飾語

類似「非常」、「稍微」和「極其」一類的詞，由於表意不清，所以無法用來形容具體情況。要使用能精確傳達想法的詞和用語。

語意模糊的說法：

人事部門目前相當缺人，但這一狀況在不久的將來就能得到改善。

語意清晰的說法：

人事部門目前有三個職位空缺。我們在下個月之內就能找到填補空缺的人。

謹慎使用縮寫

你自己可能很清楚SEC和FCC分別代表什麼，但不要想當然耳地認為其他人也跟你一樣會知道。

你需要向聽眾解釋你用到的每個縮寫。在一場演講中，同一個縮寫多次出現就不需要每次都解釋，但至少第一次一定要解釋。

首字母縮略詞也是如此，例如NOW（National Organization for Women，美國全國婦女組織）和PAC（Political Action Committee，美國政治行動委員會）。縮寫和首字母縮略詞二者的不同之處在於，縮寫的唸法是字母逐個唸（例如SEC和FCC），而首字母縮略詞則像一般單字一樣有自己專門的發音。這兩類詞可以用在演講中，但演講者一定要在它們第一次出現時，向聽眾解釋清楚含義。

這類問題經常出現在軍事用語。在軍事用語中，縮寫和首字母縮略詞均頻繁用於書面報告，因此難免經常會摻雜到口語中。

如此一來，在你用到軍事方面的縮寫時，熟悉軍事領域的人可能很容易理解，但是剩下的大多數觀眾仍然會覺得你的用法很奇怪，甚至是很討厭。

對一般大眾演講時要慎用縮寫。這樣你的演講內容才能被更多人接受，才能說服更多人，交到更多朋友。這不是你演講的初衷嗎？

謹慎使用不熟悉的語言

美國總統大選每四年舉行一次，每次的候選人中都會出現一批新面孔。為了拉選票，部分候選人會迎合某些外來移民、說他們國家的語言。這些外語包括西班牙語、韓語、波蘭語等等。

但是候選人要注意，如果你的西班牙語說得非常流利，那再好不過了，你可以放心大膽地說西班牙語。但假如為了討好選民，而在說本國語言的基礎上摻雜一些外語單字，那麼還是請你饒了大家吧。好好說本國語言，免得自己丟臉的同時還侮辱了觀眾的智商。

從另一方面來說，如果你本來就生於或長於異國，使用自己的母語可能會產生不錯的效果。可以先從你的母語中挑一句恰當的諺語，再把這句諺語與你的演講內容結合起來，用你的母語將這句諺語說給觀眾聽，然後停頓一下，再告訴觀眾這句話在英語中的意思。

只要你能把握好時機，使用外文諺語能大大提升觀眾的興趣，並感染他們的情緒。一九九二年，快捷半導體（Fairchild Corporation）時任董事長兼CEO的傑佛瑞．史坦納（Jeffrey Steiner），他在紀念猶太人進入土耳其五百週年的慶典上發表演講，當時他在內容中加入一句意第緒語的諺語。

當生活在西班牙的猶太人被驅逐出境後，土耳其成了他們的一處避難所。自那以後的五個多世紀以來，土耳其一直敞開自己慈悲的胸懷，迎接逃亡的猶太人。

我知道。我也曾是他們當中的一員。二戰期間，我們舉家來土耳其避難。我們躲過納粹的迫害，逃離維也納，最後在伊斯坦堡找到了容身之所。

猶太人在土耳其的歷史中值得銘記。

我們意第緒語中有一句諺語，說的正是土耳其與猶太人在這段共同的歷史中所展現的精神：「A barg mit a barg kumt zikh nit tsunoyf，ober a mentsh mit a mentshn yo。」翻譯過來就是：「兩座山無法移到一處，但兩個人可以。」

五個多世紀以來，土耳其共和國已經用事實向我們證明，善良的人們是可以走在一起的……是相互間的包容和尊重，讓他們越過了地理位置上的這座「大山」……擁有不同信仰的人們可以和諧地生活在一處。

美國前國務卿約翰·凱瑞（John Kerry）在參加二〇〇四年的總統競選時，也用到這個技巧。凱瑞的太太是西班牙裔，因此他的西班牙語說得相當流利。這一技能在總統競選中為他贏得美國境內說西班牙語地區的支持。二〇一三年，凱瑞作為美國國務卿，出席美國與法國外交部的聯合新聞發布會，當時他在開幕致辭中說了法語（凱瑞在瑞士一所寄宿制學校求學時學過法語）。法國人樂見他的這種做法，以至於隨後出現這樣的新聞標題：「約翰．凱瑞再次用法語展現出自己的魅力。」

避免使用帶有性別歧視的語言

以下有幾種好方法能避免演講用語帶有性別暗示。

—為包含「man」或「woman」的合成詞找到替代表達方式—

以下清單對你會有幫助。

原詞語	替換為
生意人 businessmen	生意人 businesspeople
清潔女工 cleaning woman	清潔工 office cleaner
議員先生們 congressmen	國會議員 members of Congress
消防人員 firemen	消防人員 firefighters
工頭、領班 foreman	管理人 supervisor
家庭主婦 housewife	管家、持家的人 homemaker
保險推銷員 insurance salesman	保險代理人 insurance agent
郵差 mailmen	郵務員 mail carriers
工時 man-hours	工作時間 worker-hours
人類、男性 mankind	人類 human beings
人力 manpower	勞動力 labor force
人的成就 man's achievements	人類的成就 human achievements
警察先生 policemen	警員 police officer
政治人 political man	政治人 political behavior
修理工 repairman	修理工／服務人員 repairperson／service rep
男銷售員 salesman	銷售員 sales reps, sales clerks, sales force
發言人 spokesman	發言人 spokesperson
政治家 statesman	領導者 leader
空姐 stewardess	空服員 flight attendant

—人稱代名詞改用複數—

修改前：對出差的商務人士來說，他應該收好自己所有的票據。

修改後：對出差的商務人士們來說，他們應該收好自己所有的票據。

—重新組織句子的結構—

修改前：公司將從財務部選出一個人來擔任旅遊和娛樂委員會的主席（chairman）。

修改後：公司將從財務部選出一個人來帶領（head）旅遊和娛樂委員會。

—舉例時交替使用兩種性別的人稱—

修改前：面試官們對求職者的去留決定得太快，認為「他沒有足夠的專業知識」或「他（He）不是我們要找的人（man）」。

修改後：面試官們對求職者的去留決定得太快，認為「他沒有足夠的專業知識」或「她（She）不是我們要找的人（person）」。

要確保你並不總是會先提到男性人稱，調換這些詞的順序：丈夫們和妻子們，她們或他們，他或她，女人們或男人們。

簡化你的表達

什麼都是越簡單越好，而不是簡單一點就好。

——阿爾伯特．愛因斯坦

辭藻的堆砌會使語言變得空洞。檢查你的草稿，把那些華麗、冗長和重複的表達統統刪掉。以下清單能作為指標：

最好替換掉	試試這樣表達
數量巨大 a large number of	很多 many
數量足夠多 a suffi cient number of	足夠 enough
總計達四十二 a total of 42	42
預先規劃 advance planning	規劃 planning
就……達成共識 are in agreement with	認同 agree with
如以下表格顯示的那樣 as indicated in the the following chart	表格顯示 the chart shows
正如你們所知道的 as you know	（建議刪掉，如果他們已經知道了，為什麼還要告訴他們？）
就在那個時候 at that point in time	當時 then
就在這個時候 at the present time	現在 now
就在當下這個時候 at the time of presenting	現在 now
這次演講 this speech	今天 today
基本上意識不到 basically unaware of	不知道 did not know
即便如此 be that as it may	但是 but
將……歸因於 blame it on	責怪 blame
兩個都 both alike	相似 alike
持續時間短暫 brief in duration	短時間 short
令……注意此事 bring the matter to the attention of	告訴 tell
給……帶來傷害 caused damage to	傷害 damaged
調查事實真相 check into the facts	查明事實 check the facts
持有同樣的觀點 consensus of opinion	意見一致 consensus

最好替換掉	試試這樣表達
繼續做……continue on	繼續 continue
說來也怪了 curiously enough	奇怪 curiously
展現出做……的能力 demonstrates the ability to	能夠 can
儘管事實如此 despite the fact that	儘管 although
由於這一事實 due to the fact that	因為 because
最終結果 end product	結果 product
同等地 equally as	同等 equally
大概估計為 estimated at about	估計為 estimated at
發揮領導作用 exert a leadership role	主導 lead
堅定的承諾 firm commitment	承諾 commitment
免費提供 for free	免費 free
為了……目的 for the purpose of	為了 for
參照標準 frame of reference	觀點、看法 viewpoint, perspective
給予……激勵 give encouragement to	激勵 encourage
展開討論 have a discussion	討論 discuss
召開會議 hold a meeting	開會 meet
暫時擱置 hold in abeyance	暫停 suspend
極為接近 in close proximity	接近 near
與……有關 in connection with	……的 on, of
參與活動的人士 individuals who will participate	參加者 participants
在很多情況下 in many cases	經常 often
以便於 in order to	為了 to

最好替換掉	試試這樣表達
在某些情況下 in some cases	有時 sometimes
在……範圍內 in the area of	大約 approximately
在……進行的過程中 in the course of	在……（期間）during
如果……發生 in the event of	如果 if
在絕大多數的例子中 in the majority of instances	經常 most often, usually
在……附近區域 in the vicinity of	鄰近 near
考慮到……in view of	因為 because
配備有 is equipped with	有 has
處在運轉的狀態 is in an operational state	運作 operates, works
注意到有 is noted to have	有 has
具有……的觀點 is of the opinion that	認為 thinks
已經證明了……it has been shown that	（建議刪掉）
……是為人所知的 it is recognized that	（建議刪掉）
如果由我推薦的話 it is recommended by me that	我推薦 I recommend
……或許會被提到 it may be mentioned that	（建議刪掉）
連接在一起 join together	連接 join
完全逆轉 made a complete reversal	逆轉 reversed
做了一個決定 make a decision	決定 decide
我個人的意見 my personal opinion	我的意見 my opinion

最好替換掉	試試這樣表達
不用說……needless to say	（建議刪掉）
過去從來沒有過 never before in the past	從未有過 never
新的發明 new innovations	發明 innovations
最近創造的 newly created	新的 new
有……的估計 obtain an estimate	估計 estimate
從……離開 off of	離開 off
具有足夠的大小 of sufficient magnitude	夠大 big enough
在全國性的基礎上 on a national basis	全國的 nationally
在……的基礎上 on the basis of	從 from
在……情形下 on the occasion of	當 when
最佳的運用 optimum utilization	最佳用途 best use
終於做完了……over with	完成 over
過去的經驗 past experience	經驗 experience
私人的朋友 personal friend	朋友 friend
以……為基礎 predicated on	基於 based on
在……之前 prior to	先於 before
對……提供幫助 provide assistance to	幫 help
開始啟動 start off	開始 start
深入研究 study in depth	研究 study
繼……之後 subsequent to	之後 after
採取行動 take action	行動 act

最好替換掉	試試這樣表達
主要的部分 the major portion	大部分 most
之所以如此的原因是 the reason why is that	因為 because
直到……時候 until such time as	到 until
非常獨特 very unique	獨特 unique
正在和……展開交流 was in communication with	與……交談 talked with
與……有關 with reference to	關於 about
至於……問題 with regard to	關於 about
除了……情況 with the exception of	除了 except
其結果是 with the result that	所以 so that
將包含大約……費用 would invoke an expenditure of approximately	大概要花……錢 would cost about

刪去沒用的客套話

如果你的演講中充滿了像是「這是最具挑戰的一年」、「擺在我們面前的是一個絕佳的機會」，還有「我們會積極迎接挑戰，自信地面對未來」這類的表達，就極有可能給人客套話連篇、內容空洞的印象。遺憾的是，絕大多數商務演講都落入這種俗套。

你可以做個試驗：去聽十場一般的商務演講，記錄下每場演講中「挑戰」和「機會」這類詞出現的次數。尤其要仔細聽這些演講的開頭和結尾部分，因為缺乏經驗的演講者最喜歡在這兩個地方說些泛泛而談的句子。

然後，再聽十場在你看來是由職業演講撰稿人代筆的演講，例如那些由頂尖CEO或是美國總統發表的演講。這類的演講中，「挑戰」和「機會」出現的頻率會大大降低。為什麼呢？因為職業演講撰稿人在演講稿寫作方面的經驗十分豐富，他們知道觀眾會直接忽略空洞的客套話。

學習職業演講撰稿人的做法。寫完演講稿後要全篇檢查，刪去不實際的詞句。想讓自己的演講脫穎而出，要靠的是實質內容而不是客套話。

縮減句子的長度

如果你的句子裡有「whom」，那就重寫吧。

——威廉．薩菲爾（William Safire），美國專欄作家、記者

關於句子，有幾個重點是你應該知道的。

將時間提示放在句首

你最先要告訴觀眾的就是時間範圍。你要這樣說：「自二〇一三年以來，我們已經……」而不要說：「我們已經……自二〇一三年以來。」

將時間放在句首的做法不僅有利於觀眾理解，也便於演講者表達要說的內容。（快速練習：對於同一個句子，分別將時間放在句首和句尾，再大聲朗讀兩個不同的版本。你會聽出不同的效果。）

將地點提示放在句首

把地理位置的訊息放在其他細節之前。你要這樣說：「在全美國，我們已經創造了……」而不是：「我們已經創造了……在全美國。」

同樣，將地點放在句首能幫助觀眾更投入傾聽你說的內容。

短句比長句更有表現力

做個小試驗：從你的演講稿初稿中抽出一頁作為樣本，數一數這一頁裡每個句子的字數。把這些數字記下來，算出平均值。

如果平均下來每句話的單字超過二十個，那你最好縮減每句話的字數（譯注：參照同義的中文句子，字數約為三十字）。為什麼呢？因為如果你寫的句子過長，唸出來的時候觀眾會很難跟上你的節奏，他們就會迷失方向。

不信的話，你可以把自己寫的最長的句子和最短的句子分別挑出來大聲朗讀，看看哪一句聽起來更具表達力——並且更容易被記住。

多樣性是生活的調味

如果你寫出來的全是長句，那就沒有人能跟上你的節奏。但如果你寫的都是短句，你的演講聽起來又會十分乏味。人們都會對千篇一律的內容心生厭倦。如果你能在一個長句之前或之後穿插一個短小有力的句子，這種對比就能幫你吸引觀眾的注意。

小羅斯福（Franklin Delano Roosevelt）總統是這方面的專家，他在演講時對時間和節奏都有精準的掌握。請看以下例子。小羅斯福總統在一個簡短的六字短句後，加了一個有節奏且近四十字的長句：

> 敵對依然存在。我們的人民、我們的國土、我們的利益依然處於重大的危險之中，我們無法否認這一事實。

雷根總統也懂得如何變換與調整演講的節奏：

理論上，每個人都反對貿易保護主義。這很容易。難的是當你所處的產業或你的生意遭遇外來競爭打壓時，你能不能勇敢堅定地做出抉擇。我知道。我們每天都有貿易保護主義的問題要提交給聯合國處理。

數數他每句包含的字數：第一句十五個字，然後是四個字的句子，隨後兩句分別是三十七字和三個字，最後一句二十四個字。平均字數呢？平均每句話約十七字。

使用主動語態，而非被動語態

以下談到的內容可能會讓你想起文法課。我會儘量說得簡單些。這些句子都採用了主動語態，它們說的都是句子的主詞做了什麼。

- 客戶諮詢部每天大約要接四百通諮詢電話。
- 我們提出的維護計畫，在實行後的半年內就為公司節省了五千美元。
- 委員會把所有人提的建議都記錄在日誌裡。
- 政府必須在這些合約中添加一些限制條款，以防止價格過度上漲。

而被動語態的句子則用來描述句子中的主詞被做了什麼。

- 每天大約有四百通諮詢電話被客戶諮詢部接到。
- 我們提的維護計畫在實行半年後，已經有五千美元被省下來。
- 所有人提出的建議都被委員會記錄在日誌裡。
- 一些限制條款必須被政府加進這些合約中，以防止價格過度上漲。

大聲朗讀上面這些句子，你會發現主動語態的句子：

- 聽起來更生動
- 聽起來更親切
- 更加簡短
- 更容易理解
- 更容易記憶

不要在演講中使用被動語態的句子。被動句會給人一種僵硬、乏味和做作的感覺。

限制形容詞出現的次數

名詞和動詞大多是純度很高的金屬，形容詞則是較為廉價的礦石。

——瑪麗．吉爾克里斯特（Marie Gilchrist）

試試這樣做：從你的演講稿初稿裡抽出兩三頁作為樣本，將每一頁中出現的形容詞畫出來。然後將你寫出來的形容詞刪去一部分，再大聲朗讀刪除部分形容詞之後的版本。有沒有發現演講稿聽起來比之前更乾脆俐落了？如果這些形容詞對你的演講真的有用，好，你可以把它們再放回去。如果不是真的有用，就刪掉吧。

刪掉副詞

在我開設的演講稿寫作高階研討課上，我會要求來聽課的演講撰稿人做一個試驗：將發給他們的演講稿裡的副詞全都刪去。問問你自己：「我真的需要把這些副詞再放回去嗎？」大多時候，副詞只會「拖累」你的演講稿。刪掉它們，再大聲朗讀刪去副詞後的版本，仔細聽一聽。你很可能會發現沒有副詞之後，內容聽起來更加自然了。

記住，自然流暢的演講稿是確保演講生動的前提。一篇演講稿中副詞用得越多，該演講聽起來就越生硬。試著比較一下：

「我們通通考慮了……」和「我們考慮了……」

「我已經回顧了……」和「我回顧了……」

「他匆匆忙忙地逃脫了……」和「他逃脫了……」

我們在日常談話中都傾向於不用副詞，那為什麼要在演講的時候用呢？

刪掉「我認為」、「我相信」、「我知道」、「對我來說」、「在我看來」

這些說法出現在句子中會削弱表達效果。將它們刪除，你說的話會更讓人信服。

刪除前：我們認為當前物價過高，而且我相信人們難以承受。

刪除後：當前物價過高，人們難以承受。

避免使用「有……」開頭的句子

「有……」開頭的句子聽起來會讓人覺得缺乏表達力。試著改寫這些句子。

改寫前：有其他可行的方法可以解決這個問題，我們一定要找出來。

改寫後：我們一定要找出其他可行的方法來解決這個問題。

謹防舌頭「打結」

大聲朗讀幾遍你的演講稿，仔細聽一聽，看是否有容易讀錯的地方，尤其要注意那些可能讓觀眾產生誤解的部分。一九八八年，前美國總統老布希（George H. W. Bush）在一次演講中因發音失誤而十分尷尬：

「我和雷根總統已經共事了七年半。我們一起獲得了一些成就，也犯過一些錯誤。我們還一起做愛……呃……遭遇了一些挫折。」（他把挫折setbacks錯唸成性愛sex）注意，多個以字母「s」開頭的單詞連在一起會造成發音困難，在這一點上，老布希總統已經吃了不少苦頭。請將可能導致發音失誤的地方都挑出來重寫。

我在為演講者上課的時候常告訴他們：「如果你練習時在某個單詞的發音上出現了失誤，那你最好改寫那個地方。」

總之要盡可能地刪減

美國作家湯瑪斯·沃爾夫（Thomas Wolfe）在早年的寫作中存在語言不夠簡練的問題，所以他的大批手稿必須要裝在大箱子裡送去出版社。我簡直無法想像他的編輯——久負盛名的麥斯威爾·柏金斯（Maxwell Perkins），在收到這些手稿時的心情。估計柏金斯會想，這位作家到底寫了多少內容，才不得不用箱子來裝書稿？

不過我可以明確地告訴你，對演講者來說，冗長的演講內容會導致觀眾直接放棄。那些坐在走道旁或後排位置的幸運兒會直接站起來走掉。而對那些不幸坐在中間位置的人來說，他們的身體可能無法離開，但他們的思緒早已神遊天外了：有的人在發簡訊給朋友，有的人正忙著列購物清單，還有人直接閉目養神。不論形式如何，內容過於冗長的演講會招致觀眾厭煩。所以，盡可能地刪減內容吧！

重點總結

在〈政治和英語〉（*Politics and the English Language*）中，英國作家喬治·歐威爾（George Orwell）提出讓文章變得簡潔的方法：

- 能用簡單的詞就不要用複雜的詞。
- 如果刪去某個詞也不影響表達，就刪掉它。
- 能用主動語態就不要用被動語態。
- 能用日常英語說明就不要用外語詞彙、科技術語或行業術語。
- 假如按照以上規則卻說出了什麼荒唐話，就立刻拋棄這些規則。

最終的檢驗

美國著名劇作家大衛・貝拉斯科（David Belasco）曾說：「如果你無法在一張名片大小的紙片上寫明自己的想法，那就說明你的思路還不夠清晰。」

所以，請拿出一張名片大小的紙，看看你能不能把自己的主要想法都寫在上面。如果可以，再好不過。如果不行，也許說明你的思路過於鬆散，接下來你就該概括和總結了。

Chapter

07 文體特點

寫演講稿和寫詩很像，都要注意到節奏、意象和布局；還要知道文字是有魔力的，文字就像孩子一樣能讓沉重的心靈翩翩起舞。

——佩吉．諾南（Peggy Noonan），美國作家

每天都有成千上萬的政治家、公益組織領導人、企業高階主管、軍事專家、醫療專家、募款者、社區活動、企業家和教育家在做演講。他們的大部分演講，觀眾剛一離開房間——如果不是更快的話，就把演講內容全忘光了。

但有一些演講會縈繞在觀眾心頭，令他們久久無法忘懷。是什麼讓這些演講脫穎而出呢？答案是演講的文體特點。

符合文體特點的演講會自帶「光環」，令觀眾容易記住它們。這類演講會讓觀眾產生一種心理訴求，他們會覺得如此重要的內容需要記下來；它們還會產生影響，使觀眾忍不住要引用其中的語句。

以下是職業演講撰稿人會用到的一些技巧。

使用「三分法」

三分法是指將事物分成三個部分的處理方式。「三」一直是個強大的數字，例如：

- 三位一體的神
- 三位智者和他們的三份禮物
- 兒童文學：《金髮姑娘和三隻小熊》、《三隻小豬》和《三隻小貓》
- 棒球用語：三振出局！
- 軍事用語：準備！瞄準！開火！

帶有數字「三」的事物，會對人的心理產生強烈的吸引力。縱觀歷史，三分法已被演講者當成一項有效的修辭手段。

- 凱撒（Julius Caesar）：「Veni, vidi, vici」（「我來，我見，我征服。」）
- 林肯：「我們不能向這片土地奉獻什麼，不能使之神聖，也不能給這片土地帶來光榮。」

- 麥克阿瑟（Douglas MacArthur）將軍在西點軍校做告別演講時說：「責任、榮譽、國家：這三個神聖的詞莊嚴地道出了你該成為什麼樣的人、能成為什麼樣的人、會成為什麼樣的人。」
- 杜魯門（Harry S. Truman）總統在向美國國會做特別演說時說：「美國的建立是以勇氣、想像力和立志完成手頭工作的決心為基礎。」
- 雷根總統在諾曼第登陸戰役四十週年紀念日說：「蘇聯軍隊在諾曼第登陸後滲透進歐洲大陸的中心，戰爭勝利後他們並沒有撤出。他們依然駐紮在歐洲，不請自來、不受歡迎、不屈不撓地駐紮了近四十年。」
- 卡特總統在任職告別演講中說：「我們看到的地球就是他本來的樣子——一個渺小、脆弱卻美麗的星球，這也是我們唯一的家園。」
- 美國海岸警衛隊司令、海軍上將小羅伯特．帕普（Robert J. Papp）在二〇一三年的談話中說：「我們要繼續監督北極地區新海域的開發，以及隨之而來的交通、商業和旅遊活動……但隨著人類活動的增多，海岸警衛隊也要加派巡護。我們有權力、有責任、有義務守護北極。」

- 二〇一二年九月，美國時任空軍部長麥可．唐利（Michael B. Donley），在空軍協會航空航天會議上說：「美國空軍的所有成員，將透過全方位的操作繼續保障無可匹敵的全球警戒、全球覆蓋和全球執行。」
- 美國前國務卿希拉蕊．柯林頓曾談到關於國家安全的「三個D」，即外交、發展和國防（diplomacy，development，defense）三項工作的簡便記法。

以上提到的都是從古到今的著名演說家，不過不用擔心，每個人都可以使三分法。

- 一位民間領袖說：「承諾是存在的，邏輯是成立的，需求是巨大的。」
- 一位社區服務獎獲獎者說：「我的志願工作就是我的生命、我的靈感和我的快樂。」
- 一位銀行經理說：「我們不再像從前那樣濫用自己的權力，不再對我們的員工、我們的客戶、我們的社區頤指氣使。」

三分法能輕而易舉地為口頭表達增加符合演講需求的文體風格。

賓州前州長湯姆．里奇（Tom Ridge）曾在費城鑄幣廠的慶典上主持新發行的紀念幣揭幕儀式，當時他在發言中用到了三分法。

「賓夕法尼亞紀念幣不僅僅是價值二十五美分的貨幣——這些小小的銀色硬幣還提醒著人們記住賓州的過去、賓州的驕傲和賓州的承諾。這些紀念幣講述著我們的故事，象徵著我們的傳統，並且豐富了我們的遺產——一切都在這些小小的二十五美分裡。」

二〇一三年的聖枝主日（Palm Sunday），教皇弗朗西斯一世主持了自己當選教宗後的第一個重大節日慶典，當時他用三分法表達自己的發言主題，即「我們需要幫助那些謙卑的、可憐的、被遺忘的人」。然後，在談到財富時，他沒有照著準備好的講稿唸，而是引用祖母的平民智慧語錄：「我奶奶以前常說，你死的時候一分錢都帶不走。」

使用平行結構

我們可以使用平行結構來創造平衡，滿足觀眾盼望和諧的情感訴求。

- 美國前總統約翰．甘迺迪（John Fitzgerald Kennedy）說：「如果一個自由社會不能幫助其中占大多數的窮人，它也就無法保全占少數的富人。」
- 美國前總統尼克森（Richard Nixon）說：「在那些和平還不為人所知的地方，普及和平；在那些和平尚且脆弱的地方，鞏固和平；在那些只是暫時擁有和平的地方，維持和平。」

在一篇國情咨文中，詹森總統透過這樣兩句話成功吸引大家的注意：「傑佛遜總統曾說，沒有一個國家能夠做到既無知又自由。而今天，我們可以說，沒有一個國家能夠做到既無知又偉大。」

使用意象

要讓你的演講具體、生動、多姿多彩，然後才能清楚地表達自己的觀點。更妙的是，你的觀眾也會記住你的觀點。

- 英國前首相邱吉爾說：「一幅橫貫歐洲大陸的鐵幕已經落下。」
- 美國前總統胡佛（Herbert Hoover）說：「我們不需要為了消滅老鼠而燒掉房子。」
- 美國前總統小羅斯福說：「當你看到一條響尾蛇擺出攻擊姿勢時，你就應該制服牠，而不是等牠來攻擊你。」
- 美國前總統甘迺迪在第一次就職演說中說道：「在過去，那些愚蠢地想騎在老虎背上的人，最終反而葬身虎腹。」
- 美國前總統老布希說：「象徵美國的動物是老鷹不是鴕鳥，現在不是我們把頭埋進沙子裡的時候。」

用顛倒句的方式表達

對於成對出現的句子來說，調換前後兩個出現的詞或用語，可能會製造出一些經典語句。

- 美國前總統甘迺迪說：「不要問國家能為你做什麼，問問你自己能為國家做什麼。」

小練習：看看下列句子中，說話者是如何藉由替換關鍵用語中的某個詞來增加趣味、製造經典語句。

- 美國前總統小羅斯福在第二任期的就職演講中說：「我們以前一直都知道，不加節制的利己主義將敗壞品德，而現在我們又知道，它還會敗壞經濟。」
- 美國前總統詹森在密西根大學的演講中說：「在高度發達的社會裡，人們關心的不再是物品的數量，而是消費的品質。」

運用重複

觀眾不會從頭到尾都全神貫注在你的發言上，他們偶爾會恍神。他們會為手頭堆積如山的工作和家中的各種帳單發愁。聽演講時，他們經常一神遊就是半場演講的時間。如果你有任何重要的詞、用語、句子或某種結構要傳達給觀眾，請務必反覆重申。

諾曼．史瓦茲柯夫（H. Norman Schwarzkopf）是波灣戰爭「沙漠風暴」行動中的英雄，他回國後在美國國會的聯席會議上發表談話，當時他重複自己的觀點向聽眾展現了美國軍隊的力量與驕傲。

> 我們都是志願者，也是正規軍。我們是後備軍，也是國民警衛隊。我們在過去的每一場戰役裡並肩作戰，因為美國軍隊就是這樣。
>
> 我們同時是普通的男男女女，我們每個人都背負了自己的那一份責任，但我們沒有一個人因為條件艱苦或工作艱辛而放棄，因為你們的軍隊就是這樣。

我們當中有黑人、白人、黃種人、棕色人和紅種人，當我們在沙漠裡浴血奮戰時，我們並沒有因為種族不同而區分彼此，我們流淌的血液都匯聚在一起，因為你們的軍隊就是這樣……。

美國前國務卿康朵麗莎．萊斯（Condoleezza Rice）在二〇一二年的共和黨全美代表大會上，藉由重複關鍵詞組強調了自己的發言重點。

在我的記憶裡，這件事好像就發生在昨天。當時年輕的助理走進我在白宮的辦公室，告訴我剛剛有一架飛機撞向了紐約世貿大廈，緊接著又出現第二架，然後又有第三架飛機撞向華盛頓的國防部五角大樓。後來，我們又得知另一架飛機在賓州墜毀，因為飛機上的乘客與恐怖分子進行了殊死搏鬥，這些勇敢的靈魂為保全他人犧牲自己。

從那天起——從那天起，我們對脆弱的認知和對安全的概念全都徹底改變了。

小練習：大聲朗讀這段從邱吉爾的演講中節選出的內容。感受他透過使用重複製造出的強烈感染力。

……我們將在法國作戰，我們將在近海和大洋中作戰，我們將以越來越大的信心和越來越強的力量在空中作戰，我們將不惜一切代價保衛國土，我們將在海灘作戰，我們將在敵人的登陸點作戰，我們將在田野和街頭作戰，我們將在山區作戰。我們決不投降……

使用反問句

用反問句將觀眾帶進話題的討論中。每次提出問題後應該稍作停頓，以便留給觀眾一些時間思考答案，這同時有助於你強調自己的發言內容。

- 葛萊美獎得主、加拿大女歌手凱蒂蓮（k.d. lang）在呼籲人們關注動物的權利時說：「我們都喜歡動物，那為什麼要把牠們當中的一部分當作寵物，把另一部分做成晚餐？」
- 美國演員比爾・寇斯比（Bill Cosby）在談到媒體帶給兒童的影響時說：「廣播電視網都聲稱不會影響任何人。如果這是真的，他們為什麼還要播商業廣告？為什麼我得坐在電視機前看吉露牌果凍布丁？」

使用對比

可以採用對比的方式來凸顯重點。運用對比能為你的語言增添光彩，它不僅有助於觀眾理解演講內容，也有利於演講者的表達。

班傑明・哈里森（Benjamin Harrison）在被提名為共和黨候選人後，針對南北戰爭期間南方美利堅聯盟國士兵最終投降的做法，在自己的提名演講中提出了看法：「他們是心甘情願投降的；這不是一場交易，而是主動放棄。」

一九六九年，尼克森前總統在美國空軍學院做的一次演講中，將兩種意象做了對比：「美國的國防建設絕不能像一頭受驚的牛一樣，另一方面，美國軍隊也絕不會做任何人的替罪羊。」

掌握節奏

對節奏的恰當把握能使演講內容直抵觀眾內心。

二〇一三年，美國陸軍參謀長雷蒙德．奧迪爾諾（Raymond Odierno）在克林特．羅梅沙（Clint Romesha）上士的榮譽勳章授予儀式上發表談話，當時他用以下這些富有節奏的語句作總結：

今天，我們將榮譽授予克林特——一位有著堅定信念和非凡勇氣的人。我們在向他致敬的同時，也是在向那些他身邊跟他一起無私奉獻的英雄們致敬，同時還向那些舉起右手發誓保衛我們國家、保衛我們理想的全體美國軍人致敬。願上帝保佑今天到場的所有人，願上帝保佑美國。國家的力量來自我們的軍隊，軍隊的力量來自我們的軍人，軍人的力量來自我們的家庭，這就是我們擁有強大軍隊的原因所在！

使用生動的詞語

我們當前生活的時代比較艱難，但還不至於到世界末日。我們互相之間可以懷有敵意，卻不一定要成為彼此的敵人。

——喬恩·史都華（Jon Stewart），美國主持人，於美國華盛頓特區國家廣場的民間集會提起羅斯福總統，人們總會想起在珍珠港事件發生後，他說的那句令人難忘的話：「這會是臭名昭著的一天。」

「臭名昭著」這個詞在日常用語中很少出現。但它就這樣突然從羅斯福的發言裡跳了出來。

很少有人知道，其實在羅斯福總統的講稿中，這句話本來是這麼寫的：「這一天將會被世界歷史所銘記。」羅斯福在改寫時充分發揮了筆尖的力量。

如果你希望你的演講吸引媒體注意，請記住「用詞生動」關係重大。在我開設的演講稿寫作高階研討課上，我會鼓勵來聽課的演講者儘量寫出能被別人「引用」的演講稿。為了達成這一目標，我們需要玩一些「文字遊戲」。

這裡的「文字遊戲」不需要太複雜。事實上，最成功的「文字遊戲」都出人意料地簡單。只需要一點細微的變化，一個新加的詞——瞧，成了！你這就寫出一句值得引用的經典語句。

美國聯邦調查局曾因調查環球航空公司TWA800航班墜毀原因時，耗費時間過長而受到外界批評，當時聯邦調查局助理局長詹姆斯．卡爾斯特羅姆（James Kallstrom）這樣解釋：「在這次調查中，我們需要仔細查看飛機殘骸上的每一塊碎片、每一道裂縫。我們是聯邦『全面調查』局，不是『顯眼』事件調查局。」（We are the Federal Bureau of Total Investigation...not the Federal Bureau of the Obvious）

創作你自己的經典語句

- 美國聯邦準備理事會前主席班・柏南奇（Ben Bernanke）提出了「財政懸崖」的說法，用來形容除非當選的官員們願意合作，否則危險一觸即發的情形。
- 二〇一三年，美國伊利諾州公共衛生部舉辦了慶祝該州禁菸令施行五週年的活動。當時他們為了博取媒體關注，這樣形容禁菸的初衷：「吸菸者會發自『肺底』地向我們表示感謝。」
- 英國經濟學家吉姆・奧尼爾（Jim O'Neill）創造出「金磚四國」（BRICs）一詞，用來指經濟正在崛起的巴西、俄羅斯、印度和中國。
- 環境保護基金會高級副總裁艾瑞克・普里（Eric Pooley），針對氣候變化的主題發表談話時，說了一句值得牢記的話：「現在，我們的天氣好壞是由化學物質決定的。」

- 紐約市參議員查爾斯·舒默（Charles Schumer）曾說，如果美國試圖在不限制槍枝彈藥購買管道的前提下減少槍枝暴力的發生，等於是「想在不戒菸的前提下預防肺癌」。
- 經濟學家阿爾伯特·赫緒曼（Albert Hirschman）創造了被人們廣泛使用的「退場機制」一詞。
- 芬蘭總統紹利·尼尼斯托（Sauli Niinistö）在提及挪威國際事務協會時，用了一個極富創意的文字遊戲：「北歐的經濟增長不是以季為時間單位來衡量。用『四分之一個世紀』要比『四分之一年』更合適。」
- 希拉蕊·柯林頓在出任美國國務卿期間所訪問的國家，比美國歷史上任何一位國務卿訪問過的都要多。希拉蕊任職期間出訪的累計航程接近一百萬英里，她將此命名為「經濟治國策略」。

Chapter

08 怎樣的幽默有效果，怎樣的沒效果？

只要你能把聽眾逗笑，那就說明他們在認真聽你說話，然後你就能把想說的一切都告訴他們了。

——赫伯．加德納（Herbert Gardner），美國藝術家

有些人認為演講一定要從一個笑話開始講起。我希望你不是這種人。講笑話是有風險的。只有一件事能比一個不好笑的笑話更差勁，就是這個不好笑的笑話出現在一場演講的開頭。千萬要當心。

無論你想在演講哪個部分用到幽默，都先問自己六個問題：

- 這種幽默和我演講的主題及氛圍有關係嗎？
- 我的觀眾能適應這種幽默嗎？
- 這個小故事是不是有趣、簡短、不複雜？
- 這是個新鮮的笑話嗎？
- 我說這種笑話是安全穩妥的嗎？（要是被記者聽到了，或者被某位部落格板主寫到部落格上，又或被主管發現了呢——你擔心它會為你招來麻煩嗎？）

● 我能恰到好處地傳達這份幽默嗎？講的時候能不能做到自信從容？能不能把握好時間？

如果你無法針對以上所有問題做出肯定的答覆，就放棄使用幽默吧。

幽默要輕輕帶過

專業喜劇演員都喜歡講能夠讓觀眾哄堂大笑的笑話。但你是一位演講者，而非專業的喜劇演員。

不要把注意力集中在尋找能逗觀眾哈哈大笑的笑話上，因為這麼做可能會事與願違。你要做的是試著將幽默「輕輕帶過」。你可以使用：

● 個人趣事

● 和演講內容融為一體的小笑話

- 從當天新聞中摘錄的一則趣談
- 幽默語錄
- 看似即興說出的妙語（其實是計畫好的）
- 有趣的統計數字
- 文字遊戲
- 手勢
- 抑揚頓挫的聲音
- 揚起一側眉毛
- 在某個地方額外停一拍
- 說某句話時突然加快語速
- 微笑

將幽默「輕輕帶過」可以讓觀眾覺得你是個大方、得體又友善的人。這會讓他們願意傾聽你接下來要說的內容。

什麼樣的幽默有效果？

在演講中使用什麼樣的幽默能製造最佳效果？答案是能讓人感到友善、親切和自然的笑話。演講中用到的幽默不需要讓人捧腹大笑，能讓觀眾微微一笑或輕聲地笑就足夠。

到哪裡去找能製造這種幽默效果的素材呢？許多演講者會買笑話集錦的書，再把其中的內容根據自己的需要進行改編。還有一些演講者會從網路上雇用專門的寫手為自己寫笑話。關於這些做法，我要告訴大家一些注意事項。

「買來」的幽默可能會有一些用處，但前提是你需要審慎地使用。

不要逐字使用買來的內容，一定要將素材根據自己的需要和風格做相應的改寫。還要記得把改寫後的內容試著講給幾個人聽。切記，如果這些素材無法製造幽默效果，或是聽起來並不適合由你來講，就不要用了。

為何不學著自己創作「輕輕帶過」的幽默呢？原創的笑話要比直接從網路上找到的

內容更有感染力，主要有三個原因：

1. 如果你的幽默素材是自己創作的，你就可以保證觀眾之前從未聽過。
2. 如果這份幽默來源於你的親身經歷，你表達起來會更加流暢自然。
3. 如果你能與觀眾分享自己的故事，他們會對你產生更友好的感覺。

創作屬於你自己的幽默並不難，最保險的做法就是使用輕度的自嘲，但要注意以下幾點：

- 試著不要在意「你的名望」。有一次，一個小男孩問美國前總統甘迺迪，他是如何成為戰鬥英雄的。「根本是不情願的，」甘迺迪回答說，「他們擊沉了我的船。」
- 試著不要在意「你的出身」。美國前總統詹森曾經開玩笑說：「很久以前，我在

德州了解到，嘴上說要讓一個人下地獄，和真的把他送到那兒完全是兩回事。」（他出生於德州中部地區）

- 試著不要在意「大眾對你的工作的看法」。來自康乃狄克州的女政治家葛洛莉雅・沙弗（Gloria Schaffer）曾說：「白宮（此處原文為house）和參議院都有婦女要做的工作。」
- 試著不要在意「你的意見」。新罕布夏州參議院議長彼得・布萊登（Peter Bragdon），他在二〇一二年總統大選期間說的這句話，成功逗笑了觀眾（當時他在辯論州外的大學生是否能擁有在該州投選票的權利）：「我聽說過在選舉當天做選民登記的，卻沒聽過順路投票的。」

自嘲該注意的重點

儘管自嘲是製造幽默的最保險方式，也不能貶低自己的專業能力。否則，觀眾會質疑你憑什麼讓他們花時間聽你講話。永遠不要說那些「公開後會令自己在未來後悔」的隱私。一次發言才十幾二十分鐘，個人名譽卻是一輩子的事。不要為了博人一笑而犧牲自己的聲譽。

把握製造幽默的時機

一天當中，隨著時間從早上到晚上，你會發現觀眾越來越容易被逗笑。

想想看，一大清早，人們還處於昏昏沉沉的狀態。此時他們的大腦多半還不是很清醒。就算他們是在想事情，想的也是那一堆擺在面前的工作。大家只想來杯咖啡，開始一天的工作。此時他們沒心情聽別人開玩笑，在觀眾不願意配合的情況下，你的幽默很難發揮效果。

所以，假如你受邀擔任募集資金的早餐會演講嘉賓，你的發言就要儘量簡短。因為即使觀眾對你發起的話題很感興趣，他們當下也急切地想要散會，以便開始當天的工作。這時請不要說任何複雜的笑話。所有觀眾大概都希望你能一句話快速帶過要說的內容。

到了午餐時間，壓力已經緩和了一些。至少當天的部分工作已經完成，人們可以坐下來放鬆放鬆。不過大家休息一會兒後還是得回到工作崗位，所以休息時會時不時地看手錶，看下午兩點到了沒有，要不要回去工作。

而到了晚餐時間，人們處於一天中最閒散的狀態。工作已經忙完，大家都希望暫時不去想是否有待處理的麻煩。此時人們的心情很放鬆，因此可以滿足他們的需要，講些好玩的事逗他們笑一笑。

夜晚時分，人們的狀態過於鬆弛，幽默可能反而發揮不了效果。事實上，這時候大家或許都不在狀態中——包括演講者在內！到了晚間十點或十一點，多數觀眾不是注意力不夠集中就是思緒不夠清晰，或是累到無法接收訊息了。

到了這麼晚的時段，你就別想著要表現自己、照著預先準備好的演講稿唸，不論你準備的內容多風趣、多詼諧。你要做的就是講三四句概括性總結，向觀眾微笑致意，接著結束發言離開。大家會欣賞你這種做法的。

戶外演講該注意的重點

假如你是在戶外演講，一定要讓幽默的部分言簡意賅。在美國波士頓舉辦的提普．歐尼爾隧道啟用儀式上，副州長凱莉．希里（Kerry Healey）說了短短的一句玩笑話，引得在場人群哄然大笑。

> 好笑的是，我們把一段新建的、穿過波士頓市中心的道路以提普．歐尼爾的名字命名，這對他本人不會有什麼作用。雖然今天在場的各位可能並不清楚，但他家裡的每個人都知道：提普是世界上最糟糕的駕駛！

注意，上面這段話中，作為點睛之筆的最後一句是十分簡短的。

還要注意另一點，最後一句話以驚嘆號結尾。「提普是世界上最糟糕的駕駛！」標點符號在演講稿寫作中有至關重要的作用。雖然觀眾看不到講稿上的任何標點符號，但是演講者會看到。簡單來說，標點符號有利於演講者的表達。

如何傳達幽默

我沒有幽默感，我有的只是勇氣。

——露西兒・鮑爾（Lucille Ball），美國喜劇女演員

有效傳達幽默能大幅提升讓觀眾好好笑一場的機率。

對於要說給觀眾聽的笑話和個人趣事，你需要先有到位的把控。你要吃透每一個字、每一個停頓、每一處細節，還要能精準把握時機。

想知道有效傳達有多重要嗎？試著朗讀一下聖奧古斯丁（Saint Augustine）在西元五世紀說過的這句話：「賜予我貞潔和節制，但不是現在。」在「節制」一詞後做的停頓是整個句子的關鍵所在。

再試試另一個練習：讀一讀喜劇演員喬治・卡林（George Carlin）說的這句玩笑話，記得要用力地讀「一切」這個詞，並在「八十歲」後稍稍停頓：「我喜歡佛羅里達

州。這裡的一切都跟數字八十有關，例如華氏八十度的氣溫，八十歲的年齡，還有八十的智商。」（注意這個笑話對三分法的運用，有了前面「溫度」和「年齡」的鋪梗，「智商」出現時，觀眾肯定會覺得好笑。）

還有效果更好的，你可以到YouTube網站搜尋，觀看美國前第一夫人蘿拉・布希（Laura Bush）二〇〇五年在白宮記者協會晚宴上的發言。她的表現非常精采，對時機的把握更是堪稱完美。觀看她那次發言的影片，能從中學到很多如何在演講中傳達幽默的知識。

聽聽她是如何製造幽默效果的：

喬治總說他很樂意出席這些出版界的晚宴。他根本就是在胡扯，一般這個時候，他早已經躺在床上了。

我不是在開玩笑。

之前有一天我跟他說：「喬治，如果你真想終結世界上的一切獨裁統治，那你就該晚點睡覺。」

我嫁給了美國總統，我和他平日裡的夜晚是這樣度過的：一般在九點鐘的時候，你們眼裡的「興奮先生」就已經睡熟，而我基本上是和副總統夫人一起看電視劇《慾望師奶》（*Desperate Housewives*）（停頓）。各位女士、先生們，我自己（重讀）就是一名慾望師奶。

最後的重點

不要說一些聽起來像自吹自擂的話，例如「我知道一個有趣的故事」。觀眾會自行判斷你說的故事好不好笑。做好心理準備，也許他們會覺得你講的故事並不好笑。當有人說了沒意思的笑話之後，最糟糕的不是觀眾的沉默，而是說笑話的人自顧自地哈哈大笑，如此一來，觀眾只能尷尬地看他笑。

不要為你自己講的笑話而笑——永遠都不要。

Chapter

09 特殊場合下的演講

做好你分內的事，榮譽就會隨之而至。

——亞歷山大．波普（Alexander Pope），十八世紀英國詩人

不是所有的演講都和重大事件有關。很多只是在一些日常的儀式上發言，例如退休典禮、頒獎、竣工儀式等。這些儀式上的發言不同於標準的公開演講，它們往往篇幅更短，而且通常要從個人角度來談。本章將提供一些指導原則：

- 如何做開場禱告
- 如何在畢業典禮上發言
- 如何在頒獎或致敬儀式上發言

這一章還會談到具體的發言技巧，包括：

- 如何介紹演講者
- 如何做即興發言
- 如何帶領小組討論
- 如何進行小組分享

開場禱告

字數越少，禱文越好。

——馬丁．路德（Martin Luther）

假如在這樣的場景下：你身處一場宴會，坐在會場發言台旁邊。當晚的活動主題是要頒發人道主義獎給當地一位企業主管。在宴會快要開始之前，會場司儀突然接到通知，本來約好要來做開場禱告的牧師不能來了。他們需要找替補人選，於是你收到邀請：「你願意發發善心幫我們做開場禱告嗎？」

那麼，你願意嗎？或者更直白地說，你能嗎？你能不能準備一篇適用於這種商務聚會的禱文？與會人的信仰可能包括基督教、猶太教、佛教等等。

這時你要避免使用只能代表某一特定宗教信仰的祈禱文。你的內容要能對在場的所有人表達尊重——要照顧到整個世界和全人類的尊嚴。在商務場合，合適的做法是：

- 感恩賜福
- 祝願平安
- 祈求智慧
- 祈求擁有處理手頭問題所需要的勇氣和力量

最重要的是速戰速決。如果可以的話，發言時間儘量別超過一分鐘。

要不要發表帶有幽默感的禱告？答案是：不要。這不是你能「輕輕帶過」展現幽默感的時候。千萬別說諸如此類的話：「美味的食物，美味的肉，感謝上帝，我們吃吧。」（在某個民間組織的一次活動中，確實有人在開場禱告中這麼說過。）

畢業典禮上的發言

不要把你知道的一切全炫耀給人聽。

——班傑明・富蘭克林

每個人都是帶著愉快的心情參加畢業典禮的。學生們為自己不再需要考試而開心，家長們為不用再為子女繳學費而欣慰，老師們則為又結束一個學年而高興。不要用長篇大論或華而不實的發言毀了他們的好心情。

記住，學位服和學位帽穿戴在身上很熱，摺疊椅坐起來並不舒服，擠滿人的體育館更是悶熱難耐。聽從小羅斯福總統的建議，你的發言要做到「簡短、真誠、到位」。

當然，發言內容要力求鼓舞人心、思想深刻、積極向上，或是令人難忘。

奧斯卡獎得主、著名女演員梅莉・史翠普（Meryl Louise Streep）就做到這一點。在回到母校瓦薩學院為畢業生致辭時，她鼓勵畢業生要追求卓越，即使生活有時會很艱難。「如果你還甘願和魔鬼生活在一起，」梅莉說，「那瓦薩學院就沒能讓你全力以赴。」事實證明，這句話非常適合用作畢業典禮上的發言——它不僅容易被觀眾記住，還注定會被媒體引用。

發言的時間最好控制在八到十二分鐘之間。如果你超過這個時間長度，觀眾可能會變得極不耐煩。畢竟，畢業的學生已經不再擔心自己會被校長或學院院長責備了。他們可以隨心所欲地說話、打哈欠，甚至喝倒彩。不要事先為你的發言時間長短下定論。我曾聽到一位演講者在畢業典禮上跟觀眾保證，他的發言會十分簡短。結果尷尬的是，一些不安分的學生給他喝倒彩。此外，六月的天氣可是出了名的變化無常。如果畢業典禮在室外舉行，你就要密切關注天氣變化，隨時準備好精簡內容，以防突然下雨。

還有，請確保你的學位帽戴緊了（在畢業典禮上發言的人需要穿戴學位服和學位帽）。不止一位發言人曾因學位帽被風吹跑而中斷演講。

頒獎儀式上的發言

學校裡有一句古老的格言：只有傻瓜愛聽奉承；但就算是自詡聰明的人，偶爾也會受用幾分。

——喬納森・斯威夫特（Jonathan Swift），《格列佛遊記》作者

不論是擁有四十年資歷的退休人員、為公司出謀劃策節省開銷的員工，還是拯救顧客的電話安裝人員——所有這些人都應該得到某種專門的認可；你可能會收到發言邀請，向這些人之中的某一位致敬。以下五條指導原則能幫助你：

1

不要吝惜你的讚美。如果你員工冒著生命危險拯救了顧客的生命，現在你要為此頒發特別獎給他，那麼你必須要給予高度的讚美，以呼應當前的場合。告訴大家他的舉動有多麼大的影響力。

2

內容要明確。你所說的話都要明確針對獲獎者，以防這些話也適用於獲獎者之外的其他人。頒獎儀式上的發言，千萬不能給人流於公式化的印象。例如，某位獲獎者為公司工作了四十年才退休，你可以提及兩三個他參加過的具體專案，談談他參與的計畫為公司帶來哪些貢獻。

3

內容要有個人特點。你是在向一個有血有肉的人致敬。要知道你的致敬對象也有自己的個性和弱點。如何使你的發言內容能夠展現獲獎者的個性，以下有一個好方法：先詢問你的致敬對象的家人和朋友，了解致敬對象在他們記憶中的樣子。發言內容應該包括一些跟「現實生活」有關的故事。

4

發言要真誠。假設你要頒獎給一位素不相識的人，就不要裝作你們之前認識或是關係很好。你只需要向活動主辦人索取這個人的基本資料，再把這些訊息用真誠且直接的方式跟大家分享。例如：「凱倫的主管跟我說了，凱倫是怎樣救回一個小嬰兒的生命。能認識凱倫並站在這裡頒發傑出表現獎給她，

——我為此感到高興。能有她這樣的員工，我非常自豪。」

5

——內容要鼓舞人心。哈佛大學彼得・戈麥斯（Peter John Gomes）教授在悼念馬丁・路德・金恩博士的儀式上說：「我們能記住馬丁・路德・金恩並不是因為他的成功，而是因為我們的失敗；不是因為他做了什麼，而是因為我們必須做什麼。」

介紹演講者

如果你的任務是跟觀眾介紹某位演講者，那麼很簡單，你只要聯絡這位演講者，請他提供一份個人書面介紹給你——不是個人履歷，而是你可以傳達給觀眾的書面介紹。

好的介紹應包括的內容

好的介紹要做到簡短——當然不能超過三分鐘，最好是一到兩分鐘。介紹中要告知觀眾以下內容：

- 為什麼選擇這位演講者
- 演講者來自哪個組織
- 將談論哪個話題
- 將向這些觀眾發表
- 將在這一時間進行

精準的介紹會將以上訊息用親切友好的方式傳達給聽眾。它聽起來不能像個人履歷，不能單純地照著活動單位給的個人資料宣讀。如果演講者提供給你的書面介紹很乏味，你可以將它改寫成更有趣的版本。例如，你可以將原素材中列出來的一長串專業組織名稱刪去，改用可以展現此人性格的個人趣事。

若演講者提供的介紹內容過於自謙，你就加進一些能凸顯其優異品格的內容。條件允許的話，可以引用演講者說過的話，或引用其他人對此人的良好評價。

—**介紹中要做到：**—

- 確保你能準確地唸出演講者的姓名（提前查證發音），在介紹時要反覆提及該演講者的姓名，讓觀眾聽清楚。
- 在介紹結束時，要面對觀眾（而不是演講者），再次重複該人的姓名：「沒有比佩吉．史密斯更有發言資格的醫院行政人員了。」
- 然後轉向演講者並微笑。
- 在正式場合要一直鼓掌，直到演講者來到你身邊，與其握手，再回到你的座位。
- 在非正式場合，演講者起身後你要立即坐下來，同時開始看向講台。
- 密切關注發言的開頭。演講者可能會在此時提到你，你要做好微笑或點頭回應的準備。
- 仔細規劃這一流程。提前告訴演講者你介紹中的最後一句話會是什麼，以便讓對方將這句話作為提醒自己準備發言的暗示。

—**介紹中「不要」做：**—

- 不要讓介紹的部分過於精采，以免搶了演講者的風頭。（讓演講者做主角。）

- 不要試圖對演講者將發表的內容加以概括總結。（你可能會曲解演講者發言的重點，這會讓演講者處於不利的境地。）
- 不要盜用演講者的發言素材。（如果演講者在上週和你吃午餐時告訴你一個有趣的小故事，不要在介紹中盜用它。因為演講者可能已經計畫要在自己的演講中提到這個故事。）
- 不要依賴自己的記憶。（將你要介紹的實際內容從頭到尾寫出來。）
- 不要即興發揮。（很多「臨時」拼湊的評論最後都被證明是愚蠢的，尤其是在喝了幾杯酒之後說出口的話。）
- 不要提及演講者的任何負面狀況。（例如，不要說：「我們很高興看到約瑟芬的心臟病終於好了，所以今天她才能和我們一起出現在這裡。」這類言論無法讓演講者放鬆心情。）
- 不要試圖代替觀眾做判斷，例如在介紹中說：「這將會是你們聽過最有趣的演講。」（讓觀眾自己判斷。）
- 不要施加壓力給演講者，例如，「現在，讓我們看看他是不是出色的演說家，我希望會是」。（我曾經聽一位CEO這樣介紹演講人，當時被介紹的演講人嚇得臉都綠了。）

介紹中永遠不會有好效果的五種陳詞濫調

這些陳詞濫調會對你的介紹產生反作用，同時遭殃的還有接在你後面發言的可憐傢伙。不要說：

- 「女士們、先生們，接下來的這位演講者不需要我來介紹……」
- 「他的聲望已經足以說明一切……」
- 「無須多說……」
- 「女士們、先生們，這——是……」
- 「我們真是幸運的觀眾，能在最後一刻找到一位願意當替補的演講者……」

以上的話，在某些看似聰明的人做介紹時，我都聽過。我真心希望自己沒有聽到這些話，其他觀眾也跟我一樣。

即興發言

馬克．吐溫（Mark Twain）曾說：「準備一場精采的即興發言通常要花三個星期以上的時間。」唉，他說的是對的。如果你要出席一場會議，可能會有人邀請你發言，那你就要提前整理思緒。

問問你自己：「這次會議上可能會發生什麼？將有哪些人參加？參加的人大概會說些什麼？有沒有什麼爭議的話題？會有人向我提問嗎？我該如何回答？」

將那些你覺得可能會被提及的話題記下來。試著做幾次即興發言的練習，直到你覺得發言內容聽起來順暢並具有說服力。一定要大聲練習，你的想法只有說出來並被人聽見才算數。也許會議上出現最可怕的事，就是有人請你提出自己的答案、觀點或分析，而這些要求完全出乎你的意料。你之前從未思考過類似的問題，也沒有任何有用的事實或數據資料來支持。看來你遇上大麻煩了，對不對？

其實未必。只要你能保持鎮靜，那麼無論怎麼表現，觀眾幾乎都會原諒你。頭抬高，背挺直，肩膀放鬆，做到眼神機警、聲音有力以及態度溫和。

最重要的是不要道歉。永遠別說任何一句類似這樣的話：「太抱歉了，我非常尷尬。我事先不知道你們會請我發言，現在手頭也沒有任何有用的資料。」

沒有人會指望你在這種情形下發表主題演講。談談自己的看法就行了。如果你暫時想不到合適的答覆，就保持鎮定，直視聽眾的眼睛，用沉穩的語調說：「我不知道。我會回去研究研究再來跟你們討論。」

如何準備一場即興發言

- 決定你要談論的話題——要快！
- 為既定話題做準備。不要中途更改話題或調換觀點。
- 停頓些許時間來整理思緒，這個做法沒有問題。觀眾不會因此覺得你愚蠢。相反，他們會佩服你可以在短時間內迅速整理思路。
- 必要的話，開頭可以說得空泛些，以便拖延時間。「撤銷管制的確是當下的熱門話題」，這類的話可以為你額外增加幾十秒的時間來設想答案。

- 或者你可以透過重複問題為自己爭取時間：「你剛才問了我撤銷管制會為產業帶來哪些改變。」重複對方的問題還有一個額外好處：它能確保聽眾知道你回答的是什麼問題。
- 提出兩三點論據來支持你的答案就足夠。不要條列一連串細節來惹大家煩心。
- 最後用一句有力的總結來結束即興發言——一句人們會特別關注的點睛妙語。
- 不要絮絮叨叨。一旦說完類似最終總結的話後，你就該立刻結束發言。

小組討論

如何主持小組？

- 提前三到四分鐘請參與討論的成員就座，這個時間正好夠他們按次序領取資料，又不至於領到資料後在座位上等太久。

- 確保他們每個人的座位上都有飲用水，桌上還要多預留幾瓶水。
- 提醒成員們關掉手機。
- 成員們的姓名牌尺寸要夠大，便於辨識。
- 準時開始討論。確保所有參與者都能清楚看到時間。
- 討論開始後及時介紹你自己。我曾經遇過一位討論小組的主持人，她是一位編輯，在討論開始後漫談了十七分鐘才說出自己的名字。當時在座的觀眾紛紛竊竊私語：「她是誰？她是誰？」我敢肯定他們同時也在想：「她在幹什麼？」
- 提供觀眾舒適的環境。如果有人站在會場後面聽你們討論，你可以告訴他們前面有座位，然後略作停頓，以便讓這些觀眾坐到前面來。如果一開始不注意這些瑣事，之後在你們進行小組討論的過程中，就會一直受到觀眾發出的噪音攪擾。
- 介紹討論小組成員時，至少要把每個人的名字說兩三遍。除非介紹的是著名作家J．D．沙林傑，否則不要用首字母代替完整名字。不要只說姓氏不說名字。
- 講明白小組討論的目的。
- 說清楚討論的具體流程。（每位成員的發言時間、辯論時間、問答時間）

- 給每位成員一個「發言時間還剩三十秒」的提示，好讓他們圓滿完成自己的發言。一個有效的方法是，你可以向他們出示寫著「三十秒」的卡片。
- 如果成員的發言超時，你要及時打斷他們，當然在打斷時態度要友善，並給他們十五秒時間結束發言。
- 不要讓任何一位成員打亂你的時間安排。要學會堅決而冷靜地說：「謝謝你，史密斯夫人，但是你的發言時間已經用完了。」
- 按照既定安排準時結束小組討論，結束時簡單地向每位成員和觀眾表達感謝。

小組成員該怎麼做

- 準備好應對最壞的情況。缺乏經驗的主持人可能不清楚上面提到的原則，那你就要盡自己最大的努力扭轉局面。
- 如果主持人忘記準備姓名牌或是沒能正確唸出你的名字，你就要在發言開始時對觀眾說：「大家好，我是某某（姓名）。」
- 如果主持人沒能充分介紹你，你要在發言中簡短地說一下你的個人資歷，並向觀眾解釋你為何會參與當天的小組討論。無論如何都不要責怪主持人忽略了你。

- 為你的發言定一個好題目。這樣做有多方面的好處：首先，它向觀眾解釋了你在討論小組中的具體角色；其次，它奠定了你發言的基調；最後，它能使你的發言聽起來更專業、更有條理。在向全美國商業經濟協會發言時，費城聯邦儲備銀行行長安東尼．桑托米羅（Anthony Santomero）就為自己的發言定下直截了當的標題：「貨幣政策的得與失」。
- 如果你是小組中最後一個發言的人，而且留給你的時間已經不多，你就要知道該如何精簡發言內容。
- 如果一位成員在時間到了之後拒絕結束自己的發言，主持人也無法控制局面，你可能要被迫出面維護自己的權益。此時要有自信，可能還需要用到一點幽默感。在我的職業生涯中，我曾出面制止過一些長篇大論的成員。我並沒有因為介入而感到尷尬，一點也沒有。事實上，我將自己的這種做法當成是為大家服務。

關於小組討論的小提醒

對於很多組織來說，小組討論已經成了家常便飯。的確，配合良好的小組討論能博得觀眾的掌聲，但其中也藏有可怕的陷阱。你要清楚自己在做什麼。以下是一些建議。

—發言開始前：—

- 選出一位組長作為負責人。這位組長需要掌控全局，從最開始的腦力激盪到正式發言前的最後一次彩排都要負責。
- 定好最後一次彩排時間。彩排時間要預先定好，而且一旦定下來就不能隨意更改。彩排的最佳時間是什麼時候？是正式發言的前一天。參與討論的成員需要足夠時間來對自己的訊息和投影片做細微修改，但時間又不能提前太久，以免他們做出顛覆性的改變！（這是我作為演講培訓師見過大家常犯的嚴重錯誤之一。小組成員在彩排後決定改寫發言的全部內容，結果練習的時間所剩無幾。）
- 儘早請一位演講教練。優秀的演講教練都需要提早預約。不要等到最後一刻才想起要請教練。
- 一切安排都要告知每位成員。告訴他們見面時間、內容主題、視覺概念、提交發言內容的截止日期、會議上分配的書面資料以及彩排時間。

- 分配好每位成員的任務。只有鮑勃一個人知道他該做什麼是不夠的，其他成員也要知道鮑勃該做些什麼。絕不能讓他們提出「投影片誰來做？」這種問題。為防混淆，分工要明確，詳細列出每個人的任務。
- 發揮團隊的獨特優勢。小組內誰的聲音最動聽？就選那個人來歡迎來賓。誰最會講故事？讓這位成員講一個吸引人的故事來開場。誰最有說服力？讓他來講具有爭議的部分。誰最熟悉多媒體設備？請他來負責所有的投影片播放。誰最了解觀眾？問答時間就交給他了。
- 避開弱項。如果蘇通常會花大量時間講解圖表，那就讓組內其他成員來負責圖表的解說。
- 建立連貫性。確保每位成員的發言都能與全組的主題連結起來，成員與成員之間的轉換要流暢，堅決刪去重複的部分。（小組成員間應該互相補充，而不是彼此重複。這兩種做法是有區別的。）
- 設定一連串截止日期。多個截止日期能讓每個人按時完成自己的任務，並能讓最終成果的品質更好。不要等到彩排時才發現某人的內容建立在錯誤的研究基礎上。

- 仔細規劃彩排。注意時間。多次停頓是十分浪費時間的，花費在多媒體播放的時間也經常會超出預期。

—發言進行中：—

- 所有小組成員要同時就座。如果有三位成員九點十五分到場，但第四位直到九點半還沒出現，對觀眾來說是一個不好的兆頭。
- 充分介紹每位成員。我之前出版的另一本書《你能說些什麼嗎？》（*Can You Say a Few Words?*，書名暫譯），在該書中有提出如何「介紹」的具體建議。
- 認真聆聽其他成員的發言。認真聆聽意味著良好的眼神交流、專注的肢體語言、恰當的微笑以及偶爾點頭以示同意。
- 謹慎應對問答時間。最尷尬的莫過於，某一位小組成員要負責回答觀眾的所有問題，而其他人像塑膠模特兒一樣坐在那裡一動也不動。要鼓勵大家參與。問答時間應當展現團隊精神，而且應該和發言時一樣流暢。

問答時間

沒有尷尬的問題，只有尷尬的回答。

——卡爾・T・羅恩大使（Carl T. Rowan Jr.）

問答時間有可能成就一場精采的演講，也有可能毀了你的整場演講。要讓問答時間為你服務，而不是讓你為難。你需要像準備演講內容一樣仔細準備問答時間。每次都要逐一列出觀眾可能會提出的問題。現實一點。如果你的演講主題具有爭議性，你就要準備應對不容易回答的提問。

諮詢經常處理此類提問的人，例如消費者權益倡導者、會計師、公關人員。請他們協助檢查你列出觀眾可能會提出的問題，問他們是否有需要添加什麼內容。

不要一下子被觀眾提問的難度嚇倒，不要讓自己處於被動的防守狀態。你要做的是想出一些有利於自己的回答。然後大聲練習這些回答，如果你無法表現得具有說服力，就算你的回答本身具有說服力也是枉然。

以下十點實用的小提醒有助於應對問答時間：

1

面向全體觀眾接受提問，不要只回答某一部分觀眾的問題。

2

細聆聽每個問題。在聽的過程中，不要過於明顯展現笑容或皺眉，把這些反應留到回答時再表現出來。不要為了表現你理解聽眾的提問而拚命點頭，這樣大家可能會覺得你只是機械地贊同所有提問。

3

注意你的姿態和身體語言。不要坐立不安，這會讓你看起來很焦慮。例如，千萬不要在別人提問時不停地按圓珠筆。

4

平等對待每一位提問者。不要試圖用「問得好」之類的話來讚美某位提問者，這暗示了其他人的問題問得不好。尤其要注意，不要只顧著奉承來自上級的問題，卻對下級的提問置之不理。

5

將正面的問題複述一遍。這樣既確保其他人能聽清楚問題是什麼，又能為自己額外增加幾十秒準備答案的時間。

6

對負面的問題稍加解釋。這能幫助你奠定回答的基調，把握回答的重點。不要複述任何激進的言論。（例如：「為什麼要將替公司工作了這麼多年的老員工統統開除？」）如果你原封不動地複述這句話，最後可能會被傳成這句話是你說的。

7

先看一眼提出問題的人。之後再與其餘的全部觀眾進行有效的眼神交流。

8

回答要簡單、直接。如果你的答案過於冗長，觀眾可能會覺得你是在拖延時間，以躲避接下來更多的提問。

9

不要延伸你的答案。你說得越多，被挑出錯誤的可能性就越大。美國前總統卡爾文・柯立芝（Calvin Coolidge）曾說過：「我從來沒有因為沒說過的話而受到攻擊。」

10

別用「這將是我們的最後一個問題」來限制自己。假如那個問題碰巧很難回答而你又答得很差，會令你陷入不必要的劣勢。你應該說：「我們還剩下幾分鐘，還有人要提問嗎？」如果你對這個提問的答案很有自信，就可以將它作為最後一個問題，並就此結束問答時間。如果對自己的表現還不夠滿意，你還可以選擇接受下一個提問。

如何應對問答時間出現的特殊情況

- 如果沒有人提問。此時不要沉默地站在原地，你可以問自己一個問題。試試這麼問：「上週我在商會發言時，好幾個人問了關於我們建造新工廠的計畫。下面我就花點時間跟大家談談這個問題。」

- 如果某位觀眾提出的問題，你已經在之前的演講中談過，就再說一遍。也許你之前說得不夠清楚，你可以試著換一種表達方式。如果你在演講中用了一則奇聞逸事來說明該問題，那麼在問答時間，你可以改用統計資料或引用語來重述一遍。假如觀眾沒聽懂你的第一種表達方式，或許第二種、第三種就能夠理解。

- 如果某位觀眾提出的問題已經有其他人問過，此時不用再答一遍。通常可以說「我相信這個問題之前已經回答過」就夠了。

- 如果某位觀眾試圖將自己的提問變成一場長篇大論的演講，你就要禮貌而堅定地制止他們。打斷這名觀眾的漫談，請他直接說重點並提出問題，以便節省時間。其餘觀眾會欣賞你的這種做法，因為這說明你很珍惜他們的時間。這時可以用到手勢。在打斷提問者的同時，將手慢慢舉到胸前。這個表示停下的手勢有助於強化你的語言。

- 如果某位觀眾提出完全不相干的問題（可能是關於你私生活的問題）。你可以直接回答：「不好意思，這不在當前討論的範圍之內。」然後結束回答。

- 如果某位觀眾提的問題沒有條理，那你應當只挑其中一部分作答，忽略其餘部分。回答的部分自然要有助於鞏固你自己的發言重點。
- 若不知道答案，就直接說不知道，說明自己事後會查好再回覆給提問的觀眾。
- 如果時間已經用完，跟大家說抱歉，說自己沒有時間回答所有問題，並請那些想繼續探討主題的觀眾在活動結束後聯絡你——可以在午飯後或下午茶時間。

如何應對帶有敵意的提問

假設你是某家電力公司消費者權益部門的經理，現在你剛剛結束在某社區團體的演講，而發言主題是節約能源。這時觀眾之中有人舉起手，向你提出這樣一個問題：「你怎麼敢站在這裡談論權益保護，你們公司還有數以千計的老員工過著貧困生活，你不知道嗎？你想怎麼安置他們？讓他們邊納稅邊喝西北風嗎？」

你該如何應對這一提問？你的回答必須十分謹慎。帶有敵意的問題並不是沒辦法回答。只是回答此類問題需要用到特殊技巧。你要學習這些技巧並多加練習。現在就開始學吧，以備不時之需。不要等事到臨頭才著急，到那時就太遲了。

你要明白自己作為演講者，擁有三項基本權利：

- 得到公平對待的權利
- 對自身狀態和演講局面的控制權
- 使演講內容被正確理解的權利

記住，你是受邀來演講的嘉賓。觀眾中沒人有資格取代你的位置或曲解你的發言內容。你要專注在「怎樣才能向觀眾解釋清楚自己想表達的意思」。每次在準備問答時間時，要選出兩三個你能用一句話解釋清楚的論點。將這幾個論點記下來，在問答時間陷入困境時，這些論點可以作為你打破僵局的關鍵點。

所有帶有敵意的問題，都能藉由重新組織語言轉變為你的核心論點，例如：

問：「你們建造大型公寓大樓，這種異想天開的計畫會摧毀我們的街道和家園。你們想對市中心做什麼？毀了它嗎？」

答：「你問的是我們的中心城區改造計畫。」（重新組織問題語言）「請聽我說，我們計畫建設一個健康的市中心，在那裡，人們可以幸福地

生活，商業能繁榮地發展。」（核心論點）

不要懼怕帶有敵意的提問，就像英國十八世紀政治家艾德蒙·伯克（Edmund Burke）說的：「那些反對我卻沒能毀滅我的人，只會讓我變得更強。」

還有至關重要的一點，不要侮辱任何人。「我決不會在問答時間侮辱任何人，這種做法很刻薄，也很危險。」你現在心裡是不是這麼想？

你是對的。在問答時間侮辱任何人都是刻薄且危險的。但欠考慮的演講者總喜歡這麼做。以下是一些錯誤示範，我們要從中吸取教訓。

某觀眾：「這家公司為什麼會擁有這麼多法定股本？也太多了吧！」

演講者：「你知道法定股本和已發行股本之間的區別嗎？已發行股本是指——」

某觀眾：「你的意思是，我不知道自己在說什麼嗎？」

不要誤傷觀眾的自尊。要帶著尊敬的態度聆聽他們的提問，然後可以試試這種說法：「為了全體觀眾著想，請允許我解釋一下法定股本和已發行股本之間的區別。」

某觀眾：「你們為什麼不在這種藥物上市前多做些測試呢？」

演講者：「如果你認真聽了我剛才的發言，答案就很明顯了。」

不要當眾說這種話，以免提問者下不來台。如果他們感覺受到羞辱，就會記在心裡，然後加倍奉還給你。注意，「明顯」是一個帶有感情色彩的詞。它經常帶有貶損意味。畢竟，如果某事是顯而易見，提問者怎麼會沒注意到呢？他們難道是傻瓜？

在一次重要會議上，一位激動的提問者主宰了問答時間。結果演講者的挫敗感越來越強，最後他命令那位提問者：「我請你趕快坐下！」

當然，那名觀眾很享受這種被人關注的感覺，所以繼續用自己的長篇大論霸占問答時間。而發言人只能提高音量說道：「我要求你馬上坐下！」

不要進行無效的威脅。激動的提問者才不會在意，因為你的叫喊只會為他帶來更多關注，其他觀眾則會覺得你做的一切都徒勞無功。如果無法提出真正的威脅喝止，就別這麼做。

問：「你憑什麼覺得你的程式要比佛雷德・史密斯的好得多，畢竟後者我們已經沿用很多年。」

答：「這麼說吧，舊的程式存在很多問題。例如……」

不要批評前人的工作成果。就算佛雷德不再效力於該組織，他可能還會有朋友、親人或忠實擁護者在這裡工作。他們會因為你抨擊佛雷德的工作而憎恨你。

你要做的，是承認你沿用了前人打下的良好基礎，但新的資訊、後來發生的事、增加的資金、更多的人手及科技的發展，這些都讓你在前人基礎上做出了改進。為了引起大家的情感共鳴，你可以指出，佛雷德本人也很可能會歡迎別人改進他原來的程式：「在佛雷德的退休晚宴上，他說未來似乎來得越來越快了，他還希望自己能見證產業的所有進步。」

永遠不要給人留下你不尊重他人工作的印象，否則觀眾會認為你既魯莽又自大。

電視採訪的小竅門

在播放錄影片段的時代，三分鐘的蓋茨堡演說就算剪成兩分半鐘都會被嫌太長。今天甚至可能會有大膽的年輕記者這樣來總結它：「總統自己向賓州沉默的人民坦白了他的下屬們私下說的話：沒有人會記得他在這裡說了什麼。」

——理查．尼克森，前美國總統

電視帶給我們大量的晨間採訪秀、晚間新聞、深夜新聞、特別危機報導、一週新聞分析、高階領導人簡介、社區事件集錦、本地商業動態、焦點曝光、消費者諮詢和內幕新聞等節目。當然，為了維持這些節目的運轉，電視台需要邀請特定的人當嘉賓參與節目。問題是，有一天你會不會也坐上其中一把嘉賓椅呢？

人們一般會透過兩種方式上電視：

1

也許你被邀請到節目中推薦一樣你引以為傲的東西。通常有這些情況：

a. 高階主管急切地想上電視宣傳某種籌集資金的新方法。

b. 民間組織的主事者需要提高自己的曝光度，以便為社區工程尋求支持。

c. 高中校長很想向廣大電視觀眾介紹某種獨特的教學實驗。

2

另一方面，也許你是被「傳喚」到某個節目中，目的是為你所在組織的某個潛在危機做辯護，進行解釋或澄清。危機的類型包括但不限於：

a. 篡改食品成分

b. 交通事故

c. 某次學校火災的可疑誘因

d. 青少年酗酒

e. 校園內濫用藥物

f. 工作場所的犯罪活動

g. 裁員

不論是被邀請上節目還是被傳喚上節目，你都要給所有收看節目的觀眾留下誠實可信、條理清晰、能力突出的印象。以下這些電視採訪的小竅門應該會對你有幫助。

採訪開始前

- 設定你的目標。選兩到三個你想在採訪過程中強調的關鍵點。這些重點需要簡單、有力、切題。
- 收看相關節目。觀察主持人的主持風格，看看將採訪你的人平時態度是友善還是敵對的？傾向於重視商業化還是反對商業化？語言是簡潔的還是冗長的？做節目是事先準備好還是在現場見機行事？
- 詢問節目的形式。例如採訪時間的長短？預錄播出還是直播？有無其他嘉賓？廣告出現的次數和時間長度？觀眾來電的處理方式？
- 提供準確的訊息。確保節目製作人手裡有準確描述你個人經歷的資料，事先和對方確認你姓名的正確發音。
- 預測可能會被問到的問題。做到這一點的最佳方式是站在採訪者角度，想想你在那樣的情況下會詢問被採訪者什麼問題。

● 準備具有說服力的答案。回答要簡短、具體、對觀眾有幫助。要使用觀眾能夠理解的詞彙。可以準備幾則觀眾喜歡聽的奇聞逸事。故事發生的情境須為真實生活，這樣能讓觀眾與自身經歷產生連結。練習大聲說出自己的答案並錄下來，再檢查錄音，然後刪去冗餘的部分，換掉無聊的內容。

● 注意你的形象。你穿什麼衣服和說什麼話同樣重要，所以衣著一定要得體。（提前觀看節目在這一點上再次發揮了作用。問問你自己，我的衣著適合出席這種場合嗎？）總括來說，衣著以整潔和保守為佳。不管你要做什麼，都不要讓服裝的風頭壓過你說的內容。

採訪進行中

● 提前到場。面對現實吧，電視攝影棚會讓人產生一種十分不適應的緊張感。刺眼的燈光、高科技攝影鏡頭、多個顯示器、忙亂的助理製片人、技術人員的專業術語——這一切都是讓人緊張的潛在因素。所以，不要等到最後一刻才現身。你要讓自己有機會四處看看，熟悉現場所有的景象和聲音。接下來你就能拋開這些使人分心的事物，專注於重要的事——好好接受採訪。

- 集中注意力。採訪一旦開始，你必須全神貫注。要認真聆聽採訪者向你提出的問題。最重要的是，在聽的過程中你要把握好機會，強化自己的重點。
- 表達要清晰。不要吞吞吐吐、猶豫不決。也不要絮絮叨叨，拖延採訪進度。用一些簡單的表述開始你的回答，（「就是這樣。」、「不，並非如此。」、「完全正確。」、「這是一個常見的誤解。」、「對，這是真的。」）然後再補充必要的細節來支撐自己的觀點。
- 要人性化。可以說一個私人的小故事，快速回顧一下個案歷史，分享一個最近發生的案例，引用一句生動的話或一則有益的奇聞逸事。要能帶動觀眾的情緒。以上這幾個技巧都有助於你給觀眾留下可靠、值得信賴和關心個體的印象。
- 使用日常談話的語言。把行業術語都留在你的辦公室裡，將無聊的統計資料都鎖進公文包。
- 內容要有實用性。嘗試從觀眾的角度來看問題。列舉的例子要能和觀眾的實際情況產生連結，提出的解決方案也要能具體付諸實踐。

- 資訊可視化。電視是一種視覺媒體，如果你手頭有精采的影片資料或相關文件，抑或令人眼前一亮的照片、有趣物品等，就拿出來使用。
- 適當使用肢體語言，謹防「大幅度的動作」。當你站在大舞台中央的演講桌旁邊時，大幅度的動作可能不會顯得異樣。但當你出現在某人臥室裡的小小電視螢幕上時，相同的動作會使你看起來非常傻。另外還要注意，不要在採訪者向你提問時連續點頭表示同意。你只需要先靜靜地聽完問題，然後再回應。
- 妥善利用插播廣告的休息時間。用這段時間整理思緒，讓自己的大腦稍作休息，確保自己有表達基本的重點。問問主持人下一步要做什麼，甚至可以禮貌地提出一些自己想要談論的話題。
- 流露出自信。畢竟，要是你對自己的專業素養沒有信心，還怎麼指望觀眾對你有信心呢？
- 散發個人魅力。在電視節目上，真誠和魅力比在其他任何地方都要賣座。記住這一點，你就不會表現得太差。

簡短作答的力量

有一次，美國前總統夫人芭芭拉・布希（Barbara Bush）說了一句容易引發爭議的話，她說紐約市前市長艾德・柯屈（Ed Koch）「夠了」。之後，有一位記者試圖就這句話追問她，想知道她這麼說具體指的是什麼。該記者無非是想讓第一夫人出醜。但芭芭拉・布希用她一貫的智慧巧妙地說出答案，她微笑著答道：「夠快樂了。」這一回答真可謂無法超越。自此之後，我一直對這位前第一夫人欽佩有加。

如何應對陷阱式的問題

提問通常都有固定模式。如果能辨別出每個問題的模式，你就能更好地應付各種提問。要學會識別以下這些陷阱式的問題：

- 二選一式的問題。「對於你們公司來說，哪個更重要——是在我們這裡新建一座加工廠，還是在別的地方新設分公司？」不要被這種問題套住。你可以回答「兩者同樣重要」，或者「這只是我們關注的兩個不同層面」。

- 多重問題。「大學會特別關照少數族裔的招生工作嗎？體育項目能得到更加有效的監管嗎？你們還會擴建學生宿舍嗎？」不要被一次提出的三四個問題迷惑。你要挑選其中一個來仔細作答，然後再開始接受其他人的提問。
- 開放式的問題。「談談你的公司吧。」此時你預先準備好的那些核心論點就能發揮作用了，可以運用它們來建構你想展現的形象。
- 「是」或「不是」的問題。「你們公司明年會裁員嗎——是或不是？」永遠不要被這種提問模式支配，你可以選擇不回答「是」或「不是」，只需要將答案用自己的表述方式說出來。
- 假設性的問題。「假如該協會不接受這一提議呢？」要避免被逼入「絕境」，這種問題就像無底洞一樣。你可以直接終止討論，告訴提問者：「我相信我們一定能達成共識。」請看雷根前總統在一次記者會上的巧妙回答：

問：「總統先生，如果當前局勢保持不變，有一天你會想把軍隊撤回來嗎？」

答：「這樣說吧——不久之前我碰到了一點麻煩，起因是我試圖給一個假設性問題提出一個假設性答案。然後針對我的答案，出現了多種不同的解釋。」說完這幾句話之後，雷根前總統跳過這個問題，並找到一個關鍵論點來概述自己的立場。

● 非公開的問題。在問答時間中不存在非公開的問題。你回答所有問題時都要謹記，你的答案可能立刻出現在某知名部落格上。真的有可能會發生這種事。

● 排序類的問題。「你能說出當今教育界最應該受到關注的三個方面嗎？」同樣，不要落入陷阱。一旦你說出了最應該受到關注的三個方面，立即又會有人問你：「怎麼回事？難道〇〇〇不該受到關注嗎？」然後你就會被困住。你可以試著回答：「在我們最關注的幾個層面中，有……」

● 不成問題的問題。「我認為我們不需要這些新設備。」你該怎麼應答呢？你需要將它轉化成一個問題。例如：「我從你的話裡聽出一個問題，就是『使用這些新設備能為我們帶來哪些好處』。」接下來，你就可以在不反駁提問者原話的同時回答這個問題了。

● 前提錯誤的問題。「既然你們已經把所有汙染物都排進河裡了，接下來要怎樣清理河道呢？」一定要把錯誤的前提條件糾正過來。你要堅定地說：「並非如此，讓我來糾正被歪曲的事實。」

- 盤問式的問題。「我們再來看一遍廢棄物處理事宜。你能為這種不光彩的情況做出合理的解釋嗎？」如果提問者動機不純，你可以當場拆穿他們，直接說：「這個問題聽起來像是個圈套。你想讓我說些什麼呢？」記住，你並非身處法庭，沒必要屈從於別人的盤問。

回答中要包括哪些內容？

- 引用你的職業經驗。「在這個領域工作二十五年，我從未見過這樣的事。」
- 引用你的親身經歷。「嗯，我就去買了一個回來用。我覺得這個產品很好。」
- 引用專家的意見。「國內的頂尖研究人員不會同意你的看法。例如，在哥倫比亞大學……」
- 陳述事實。「這件事實際上……」
- 解除關聯。「就像蘋果無法和酪梨相比較一樣，我們之間也是沒有可比較的……」
- 構建情感連結。「我特別理解你的感受。事實上，剛開始很多人都是像你這樣想的。但隨著他們對這個程式越來越熟悉，他們發現……」

- 簡化數字。「是的，花一萬美元在培訓上，聽起來似乎不便宜，但你也要想想，平均下來每個人的培訓費只有（某金額）。而生產效率的提高能在一年內讓我們的初始投資得到回報。」
- 認同問題的重要性。有些人想要的並不是答案。他們只是希望別人能認真仔細聽自己說話。如果你意識到他們有這種博取關注的需求，就該滿足他們。你可以扮演心理學家的角色，用最深情的聲音說：「聽起來這件事對你十分重要。」同時要注意，不要給人居高臨下的感覺。
- 最重要的是，你的答案中要包含核心論點。使用會被聽眾記在心裡的語句，這些話還可能會被媒體引用。

如何使用轉移話題式的回答

當你不想回答某個問題時，你可以選擇轉移話題式的回答。認真聽完提問，然後再將話題轉移到你事先準備好的某個核心論點上：

●「保羅，我們真正應該討論的重要議題是……」

●「如果消費者詢問……方面的問題，他們的狀況將會更好。」

●「這並不是眼下最要緊的問題。當前最要緊的問題是……」

在以上每種情形中，你都可以用轉移話題式的回答將討論內容換成你想談的部分。如果可能的話，可以直呼提問者名字，這樣會給人一種更加鎮靜、更有說服力的感覺。

如果非用到幽默不可的話，請謹慎使用

在問答時間使用幽默極易產生反作用。為什麼呢？因為此時的玩笑聽起來很像是在針對某個特定的人。如果你一不小心得罪了某個深受觀眾喜愛的人，麻煩可就大了。

例如：「你的提問最好能說到點上，因為八個月後我就不再是這個組織的負責人了。」這樣的話可能會博觀眾一笑，但如果你的對象選得不對，觀眾可能會對你產生敵對情緒。

當然，就像硬幣有兩面一樣，幽默的效果也有兩面性。如果提問者說了什麼好笑的事情，記得跟著笑。讓大家看到你也是個普通人。千萬不要試圖搶提問者的風頭，讓提

問者做一回人群關注的焦點。觀眾會欣賞你這種做法，他們會回報你的大度。

如何預測現實中的提問

每次開始發言前，你都要想想觀眾會向你提出哪些問題。沒有哪個公開演講的人想打無準備之戰。以下這個清單有助於你做好準備工作。

1、這些觀眾／這位採訪者最可能提出什麼問題？
2、我最想談論什麼話題，我所在的組織如何從這個話題中受益？
3、目前我不想談論的話題是什麼？為什麼？
4、有沒有哪個問題需要我準備額外的佐證資料？
5、在觀眾看來，什麼樣的資料最有說服力？
6、我的回答中要包括哪些語句／短語／資料？
7、我的回答中要避免提及哪些詞彙／資料？
8、能否在部分回答中使用一些有助益的輔助手段（如表格、圖片、投影片）？
9、我要向觀眾傳達什麼訊息，如何將這些訊息融入問答時間中？
10、會不會有人就當天的新聞提問？
11、如果沒人提問怎麼辦？

發言前的自我評估

只考慮觀眾的想法還不夠，你還要問問自己：作為一位演講者，我最想達成什麼目標？以下問題將幫你理清思緒。

1、在這次發言中，我要實現的職業目標是什麼？
2、我有沒有什麼個人目標想要達成？（例如，觀眾之中有沒有我想見的人？）
3、為了實現我的目標，什麼是我必須說的？什麼是我一定不能說的？
4、我希望觀眾在聽完我的發言後產生什麼感覺？我希望觀眾做些什麼？
5、這次發言中，最讓我不舒服的是什麼？（能不能改變或預防這些情況？）
6、我一般在發言中講得最好的是哪一部分，為什麼這裡講得比其他部分好？

Chapter

10 具體細節

每次走上講道壇前我都做好了充分的準備，主禱文和宣告都已經一字不差地寫出來擺在面前。

——弗雷德里克．布希納（Frederick Buechner），美國牧師

何必為演講憂心忡忡呢？只要把時間和精力投到準備演講上，你就會感覺好多了。想想預備演講必不可少的後勤工作。為可能要應對的意外突發狀況做好備案，接下來就是準備、準備、再準備。

本章將告訴你如何：

- 為傳達演講內容做準備：將演講稿以簡單易懂的形式列印出來。
- 為演講的場地做準備：規劃安排各種物品。
- 為視聽資料做準備：選擇對你有用的資料，而不是會拆你台的資料。

列印演講稿（此處指英文排版，中文排版時可參考並稍加調整）

事先列印演講稿，目的是：

- 便於自己朗讀。
- 便於媒體理解。
- 便於提供給替補的發言人，以防你因故無法發言。

將演講稿列印成方便使用的格式，是需要花費額外精力，但這種付出是值得的。以下是關於列印演講稿的二十二項建議，全都是專業人士的經驗之談。

1——選用較大的字級。

2——英文字母要大小寫都使用，千萬不要全部使用大寫字母。

3

文本對齊方式上要選用左對齊。永遠不要選用右對齊的方式。（我每年要審校幾百篇演講稿，其中會有部分文本在對齊方式上選擇右對齊。這種做法不可取，千萬不要忽略這一基本的排版原則。）

4

在第一頁的左上角標注該演講稿的基本資訊：

a. 你（演講者）的姓名和稱謂
b. 演講的標題
c. 觀眾的身分
d. 演講的地點
e. 演講的時間

5

行與行之間要選用兩倍行距，段與段之間要空三行。

6

第一頁開頭要空出大約六七公分的空白，為後面寫開場部分預留空間。

7

每一行的末尾處必須是一個完整的單字。行末單字不可使用連字元隔開。寧願縮減句子長度也不可在行末使用連字元。

8

出現在行末的數字不可拆散來列印。例如：

「我們公司每週要花五百美元用於日常維護。」（如果你將「五百美元」拆開，僅將數字「五」放在上一行結尾處，那你在演講時可能會不小心唸成「五千美元」。這樣一來你還得回過頭去糾正。）

9

每一頁的結尾處必須是一個完整的段落。將一個完整的句子拆開印在兩張紙上是非常危險的做法，你會浪費太多的時間來回翻頁。

10

一定要在每一頁的底部空出五六公分的空白。如果你的發言內容一直列印到頁面最底部，在唸的時候就要使勁低頭才能看到頁面最底部的內容，這樣觀眾就看不到你的臉了。另外，你低頭看底部內容的時候，說話的音量就會壓低，可能會讓觀眾難以聽清楚你的發言內容。

11

頁面的左邊和右邊都要留出較寬的邊距。

12

在每一頁的右上方標注頁碼。

13

使用連字元來分隔需要逐字唸出的字母。例如「M-B-A學位」、「F-A-A規定」，或是「C-I-A的行動」。

14

將外語詞彙和姓名音譯出來。例如在「Alessio」後用括弧標注「阿萊西奧」。

15

不要在列印稿中使用羅馬數字。羅馬數字可以用於書面表達，但不適用於演講稿。如果你在演講時唸「羅馬數字Ⅰ」就會給人非常不自然的感覺。

16

在需要強調的詞和短語加下劃線（或加粗字體）。

17

將需要稍作停頓的地方用省略號標出來。在段落結尾加上省略號經常能發揮提示的作用，意在提醒你繼續講下一段之前先停頓一兩秒鐘。

18

使用雙斜線符號（//）標記需要做出較長停頓的地方。雙斜線的出現意味著你要多停頓幾秒鐘，這些時間要麼是留給觀眾整理情緒用，要麼是留給你自己切換內容走向用的。記得在使用雙斜線符號之後要空出兩三行，再接著印其他內容。

//

就像這樣。否則你會記錯這個符號的意思。

19

在演講稿末尾附上你的電子信箱和地址，這樣大家就能透過寫信繼續向你諮詢更多訊息。

20

記住不要用訂書機把演講稿訂起來。用迴紋針就夠了，要使用稿子時，迴紋針就可以輕易取下。

21

將演講稿裝進不透明的簡易資料夾裡，方便隨時拿出來使用。

每次都要額外準備一份備用稿，並將兩份稿子分開放。舉例來說，假如演講的地點在外地，你可以把備用稿裝進公事包裡，再把另一份放進行李箱。（順道一提，在本書一九八四年的初版中也提到這個做法。後來一位讀者寫信告訴我，這個小提醒幫她免去了一場大麻煩，因為她裝著其中一份演講稿的行李箱在途中丟了。）

22

注意，以上這些建議能發揮作用的前提是，你得帶上演講稿。如果你忘了帶演講稿，或是在走上講台前錯拿到其他文件，那一切都白費了。幾年前，一位海軍中將要在英國的皇家海軍老兵協會演講。他站起來後仔細看了一眼自己帶的筆記後，不得不在還沒開始發言之前就宣告結束。你猜他是怎麼向台下困惑的觀眾們解釋的？「搞錯了，我帶了一張我老婆給我的購物清單。」

小提醒：如果觀眾中有人想跟你索取演講稿的電子檔，你可以請他們把這個要求寫在他們的名片反面交給你。名片上有準確無誤的電子信箱，你就不用擔心手寫可能造成的失誤了。

如何準備演講場地

如果知道有多少演講毀在故障的麥克風、昏暗的照明或是令人窒息的環境，你一定會大吃一驚。

你準備的演講內容可能既有趣又詼諧，但如果觀眾聽不到你在說什麼、看不清你在做什麼，那誰還會關心你的內容是否有意思？

還有，如果房間溫度過高或過低，對觀眾來說都是一種折磨。這時你也應該趕緊結束發言，讓大家回家。

演講前一定要檢查場地。如果你無法親自去檢查，可以透過其他人來了解。聯絡邀請你去演講的負責人，詢問以下這些問題：

- 房間裡是否裝有不必要的鏡子？我曾經參加過一場在紐約市舉辦的美國記者和作家協會會議，目睹獲獎作家們在最令人不安的情況下發表獲獎感言。會場所在的飯店（很有名望的一家飯店）將演講桌放在一面巨大的鏡子前，如此一來，每位發言人在演講桌後面的動作都被觀眾看得一清二楚。

沒有哪位演講者想置身於這樣的位置，他們時刻都在擔心觀眾會看到自己的小動作（例如踮腳、交叉雙腿，或是擺弄衣服）。此外，巨大的鏡子會暴露發言者的隱私，使他們很難將隨身攜帶的小紙條或計時器藏好，不被觀眾發現。

如果你是發言人，必須堅持要求飯店將鏡子遮住，或是把演講桌搬到別的位置。

- 房間裡是否有窗戶？更重要的是，窗戶上有沒有安裝厚實的遮光窗簾。如果你要播放投影片，就必須拉上窗簾。

如果你是在一家汽車旅館的會議室裡發言，而透過窗戶就能看到外面的游泳池，那也得拉上窗簾。對觀眾來說，你的發言絕不可能比窗外的娛樂場景更吸引人，所以你要在觀眾目光被搶走之前拉上窗簾，免得你在演講過程中受挫。

- 房間裡有沒有演講桌？演講桌上有沒有燈？燈的電源插好了嗎，可以用嗎？手邊有沒有備用燈泡？

演講桌下方有沒有儲物空間，有沒有地方放水杯、紙巾和潤喉片？

演講桌能不能調整到適合你的高度？如果你個子不夠高，能不能找到穩固的箱子之類的東西墊在腳下？在你站到演講桌後面開始發言之前，讓所有的東西都各就各位。你有權利讓自己演講中舒服。

- 假如不用麥克風，觀眾能聽見你的聲音嗎？如果可以，那就不要用。很多演講者都存有一個誤解，他們覺得使用麥克風能使自己的聲音更為動聽。其實不然，麥克風只有擴大音量的作用。所以假如你說話含糊不清，那麼麥克風只會讓這些含糊不清的話更加響亮。如果你發言時喜歡加入「啊」、「例如」、「嗯……」之類的冗詞或贅語，麥克風也會讓這些詞聽起來更加清晰。
- 擴音系統能正常運作嗎？事先測試一下，請一位助理來聽你的發言。你是否需要彎腰或是側身才能拿到麥克風？麥克風應該正對著你的下巴。人們站在房間的各個角落都能聽見你的聲音嗎？音量大小合不合適？有回音嗎？麥克風的開關按鈕在哪裡？
- 燈光怎麼樣？事先測試一下室內照明設備。當你看向觀眾席時，有沒有哪個位置的燈光過於耀眼？一般情況下，照向觀眾席和照在你身上的燈光亮度應該大致要相同。

掛在你頭頂上方的水晶吊燈是否令觀眾覺得演講桌看起來很刺眼？那就取下一些燈泡。再看看聚光燈照向的位置是否合適，根據需要調整。

● 座位怎麼樣？在人們脫下外套、各自找到舒服的位置之後，他們就會非常抗拒調換座位。也許是因為這會讓他們想起自己的學生時代。所以，如果你想重新安排座位，請務必要在觀眾入場之前進行。

觀眾是不是圍坐在一張張圓形餐桌旁邊，這樣他們當中的一部分人就得背對著你？如果是的話，在你開始發言之前，請留一段時間，讓所有觀眾都將座位調整為面對你。

當觀眾分散地坐在一個大房間裡時，你很難跟所有人保持目光接觸。

如果觀眾的數量不多，你可以試試在觀眾入場前搬走會場裡的一部分椅子。盡一切努力讓觀眾坐得越集中越好，以免浪費不必要的精力。

如果你是在一間大禮堂裡發言，可以將後排座位與前排座位用繩子隔開。這樣能迫使觀眾坐得離你更近。這些被隔開的位置對遲到的人來說也很棒。他們可以悄悄地溜到這些座位上，不用擔心打擾到其他人。

如果只有少數觀眾到場。你可以將演講桌從檯上搬到離觀眾更近的空地上，這將縮小演講者跟觀眾之間的距離。幾年前，我受邀去美國堪薩斯城演講，當時到場的觀眾人數少於活動主辦單位預計的人數，所以我就把演講桌從高高的檯上挪到跟觀眾席同樣高的地面上。事實證明，這麼做的效果非常好。

不要讓空間在你跟觀眾之間製造距離感。你離觀眾越近，他們離彼此越近，你的演講就越容易成功。

- 房間的通風情況怎麼樣？空調系統能正常運作嗎？溫度可以調節嗎？

飯店房間是出了名的憋悶。有一次，我要在紐約市一家大型飯店裡演講，提前兩小時抵達演講場地時，我發現房間裡的溫度已經接近二十七度。我馬上通知飯店工作人員，請他們停止對該房間供應暖氣。等觀眾到場的時候，房間裡的溫度已經恢復正常。

原則是，每次都要趕在觀眾之前到場，好讓你能在演講地點事先做出必要的調整。

- 一共有幾扇門通往該房間？你能不能把房間前面的門鎖起來，以防有人突然闖進來打斷演講？你能不能請工作人員站在房間後面的門口處，提醒遲到早退的人在進出房間時保持安靜？
- 房間中是否在播放音樂？如果是的話，立即關掉音樂。發言的是你，所以不要指望飯店工作人員幫你做這些事。

● 房間隔音效果如何？當你在飯店的房間裡演講時，隔音就成了一個重要的問題。誰知道隔壁的房間會被用來做什麼呢，可能是舉行喧鬧的單身派對，也可能是召開熱鬧的銷售大會。觀眾們的注意力會集中在什麼上呢？或者說，如果他們能聽到隔壁房間的喧囂聲，還會專心聽你發言嗎？

也許你不相信會發生這樣的事，會覺得以上這些全都是我捏造的，你還可能認為不需要擔心這些枝微末節。我能理解你的心情，但這些事情真的會發生，一直如此。我每年要出席幾十場演講活動，經常目睹這種「恐怖故事」。

有一次，我無法集中注意力，因為隔壁房間不停傳來刺耳的喧鬧聲。（顯然，一場銷售大會正開得如火如荼）後來，我寫了一張紙條，拜託一位觀眾送去隔壁房間，麻煩隔壁的負責人體諒一下，歡呼聲和跺腳聲不要太大。之後情況立即好轉，因為我採取了相應的措施。僅供參考：在這種情況下，書面提醒是最理想的溝通方式，可以避免直接進行尷尬的互動。悄悄地送紙條吧，你可以放下就走，什麼都不必說。

這件事告訴我們，要保持機警。不要讓任何事成為你成功路上的阻礙。你花了幾週時間辛辛苦苦準備的精采演講，難道就該毀於無關人等製造的噪音嗎？

不要抱有任何僥倖心理。假如可以的話，在沒有與飯店預約的情況下，親自去檢查現場環境。飯店經理們都會例行公事地說自家飯店會議室「安靜又舒適」。至於他們的話可不可信，要我說，我們得聽從雷根前總統的建議：相信，但要查證。

如果你發現房間的隔音效果不好，可以向飯店經理反映。請他們在你進行演講時將隔壁房間空出來。當然，如果飯店的房間全都訂滿了，他們就無法滿足你的要求，但說出來總比不說得好。

● 去哪裡尋求幫助？記下一位維修人員的名字和電話，萬一出現緊急情況，你可以直接打電話給他或發簡訊。要找可以馬上過來換保險絲、換燈泡或調節空調溫度的人。手邊要一直保有此人的姓名和聯絡方式，並且對這個人要非常友善。愛默生是對的。膚淺的人才會相信運氣。

在演講中，你能控制的因素有哪些？

身為受邀演講的嘉賓，你對現場的控制權遠比你意識到的大。充分妥善運用你的這些權利吧！現在，花幾分鐘想想演講包含的各方面，再看看在每個方面上你是有絕對控制權、部分控制權，還是沒有控制權。（以下列出來的項目，很多演講者都發現他們對其中的大部分擁有絕對控制權。）

	沒有控制權	**部分控制權**	**絕對控制權**
1、你的準備工作	□	□	□
2、你的筆記	□	□	□
3、你的態度	□	□	□
4、你的儀表	□	□	□
5、你能及時到場	□	□	□
6、你的個人用品（潤喉片、紙巾、水、咖啡或茶、零食、頭痛藥等）	□	□	□

	沒有控制權	部分控制權	絕對控制權
7、你的小道具	□	□	□
8、你的言語	□	□	□
9、你的語音語調	□	□	□
10、你的身體語言	□	□	□
11、你的眼神交流	□	□	□
12、演講時間	□	□	□
13、演講地點	□	□	□
14、其他演講人	□	□	□
15、發言時間長度	□	□	□
16、問答時間	□	□	□

如何使用視聽資料

對於大多數演講來說，使用視聽資料有害無益。我提醒所有演講者尤其要注意這一點，不要在一流的演講中使用二流、甚至是不必要的視聽素材。

沒有必要使用視聽資料，如果它們：

- 不能為你的演講增加新內容。
- 無助於觀眾理解或欣賞你的演講。
- 事實上有損你作為演講者的形象。

可惜的是，大多數演講者都喜歡將視聽資料當作自己的「枴杖」。舉一個再尋常不過的例子，演講者說：「我想為大家介紹我們新擬訂的招募計畫。」接著大螢幕上出現一張投影片，上面寫著「新招募計畫」幾個大字。這張投影片傳達了什麼新內容嗎？沒有。它有助於觀眾理解演講者提出的訊息嗎？沒有。這張投影片是否有損演講者的形象呢？很不幸，是的。

演講主要是講給人聽的，而視覺資料是展示給人看的。如果在你說話的時候，人們看的是大螢幕上的文字而不是你，那他們就會覺得大螢幕上的內容比你說的東西更有吸引力。你和觀眾眼神交流的機會也大大減少。簡單來說，就是你的演講不會那麼令人印象深刻了。不相信的話，你可以試著在看電視的同時打一通重要電話，看看自己會漏聽多少電話裡說的內容。

如果真的需要用到視聽資料——為了簡化複雜的訊息或是感染觀眾的情緒，請你用得巧妙些。在演講中穿插一個視聽單元是有效的方法。可以準備一個內容不多的投影片或時長較短的小影片，再將這部分作為獨立的單元插入演講中。如此一來，在認真觀看完視聽單元後，大家還可以重新將注意力集中在剩餘的演講內容上。

簡報軟體

> 人們根本無心聽我們說話，因為他們花太多時間去理解那些極其複雜的投影片。
>
> ——路易斯．卡爾德拉（Louis Caldera），前美國陸軍部長

簡報軟體PowerPoint 1.0於一九八七年上市。可以確定的是，自那時起，演講形式發生了前所未有的改變。每天都有不計其數的演講會用到投影片。

生活中大大小小的活動都要使用投影片，例如城市分區規劃聽證會、學校董事會會議、軍事新聞發布會、企業演講、學校中的演講、六年級學生的讀書報告發表，甚至還有教堂的公告等。各領域的人都在使用投影片做溝通，他們甚至從來沒想過為什麼要這麼做。問題就在這裡。

是什麼造成投影片這種有用的軟體被濫用？很多人選擇在演講中使用投影片的原因是「大家都這麼做」。這真是個可悲的理由。

投影片的使用已經到了氾濫的地步——眼前是大量的餅狀圖和各種圖像，主要訊息迷失在不必要的、裝飾般的萬花筒式景象中。我們對這些投影片反感有什麼好奇怪的？現在，聰明的演講者都知道，要做某場活動中唯一一個不用投影片的人，這可以讓他們從所有演講者中脫穎而出。

二〇〇〇年，美國參謀長聯席會議主席休・謝爾頓（Hugh Shelton）將軍的一席話引發了轟動；他當時說，世界各地的美軍基地不要再繼續濫用簡報軟體。（顯然，以電子郵件形式傳送的軍事簡報一直以來占用了太多存儲空間）謝爾頓將軍敢於抨擊溝通方式中不容置疑的準則。自那之後我就很欽佩他。

事實是，真正有力量的還是有想法的內容。華麗的漸層背景絕對無法彌補內容上的缺陷，再動人的音效也掩蓋不了表達上的不足。我建議我的客戶們捨棄投影片的炫目效果，勸他們轉而探究怎樣寫出動人的內容，怎樣成就精采的表達。

大量演講者將自己的時間浪費在製作投影片上，以至於沒有足夠時間琢磨內容或提升表達能力。簡報軟體的濫用已經不僅僅是交流方式的問題，同時還是工作效率的問題。以前，高階主管們會將製作投影片的工作委託給助理或是能完成這項工作的自由工作者，但這種情形已經一去不返。今天，拿著高薪的高階主管們將無數時間浪費在親自製作投影片上，結果卻只能做出一堆枯燥的簡報模板和外行的視覺效果。這樣做既不利於溝通互動，也不利於創造效益。

我想起一句老話：「那些自己為自己當律師的人是傻瓜。」這句話同樣適用於演講者：「那些自己為自己當美術設計的高階主管是傻瓜。」

如果一定要使用簡報軟體，你先要有用它的理由，還要能用得精采。

一設計投影片效果一

人人都覺得自己能為投影片設計視聽效果，其實他們不能。我很清楚這一點，因為在我觀看過的投影片中，有不計其數的例子違背了最基本的投影片製作原則。

文字右對齊、下落式陰影效果、多餘的飛入效果、無休止的螺旋效果、毫無意義的棋盤效果、排版不夠整齊、反白字、字級過小、大小寫混亂、複製內容過多、內容過於擁擠等，這些都屬於投影片效果上的缺陷，它們的存在會讓人覺得發言的人不專業。

如果你不具備平面設計方面的才能（大多數人都是如此），就該請一位專業人士來為你設計投影片。這樣不僅能幫你節省很多時間，最後還能做出更優質的成品。

的確，雇用專業設計人員要花錢，但花費大概也沒你想的那麼高。你甚至可能找到才華橫溢的高中生或美術背景的大學生來擔任設計師，他們會把這當作一次實習機會，樂於累積實際經驗、創作優秀作品，並期待收到肯定他們表現的推薦信。

一撰寫投影片文稿一

為了提升投影片文稿的品質，最重要的是什麼？是投影片的標題要能有效傳達你想表達的訊息。例如：

- 不要使用老生常談的單字式標題，例如「效率」。你應該使用結果導向的標題，以吸引觀眾的注意，例如「分三步驟可提高效率」。
- 勿用乏味的標題，例如「季銷售額」之類。你應該在標題中展現自己獲得的成就，可以改為「第三季銷售額飆升」。
- 避免只列出諸如「環境保護費用」這樣的題目。你的標題應意在激起觀眾的興趣，例如，「沒人願意談及的五項環境保護費用」。

—優化投影片播放效果（以下描述是英文演講稿的情形，中文可視情況調整）—

為了優化投影片的播放效果，最重要的是什麼？是保持有效的眼神交流。不要為了看大螢幕而轉過頭不看觀眾。使用雷射筆來指向大螢幕上的內容。手指在螢幕前揮來揮去無法凸顯你的專業，這樣做只不過給觀眾一個盡情欣賞你背影的機會。你要相信，大家不是專程趕來看你的背影的。

至於那些需要觀眾特別注意的內容，可以為其加上有力的視覺效果。可以用加粗箭頭、加方框、加下劃線等方法吸引觀眾目光。這樣做不僅能令觀眾一目瞭然，還維持了你作為演講者的良好形象。以下還有幾項額外提示：

- 採用左對齊的文本對齊方式。
- 字體要保持統一。
- 大小寫字母並用。
- 謹慎使用大寫字母。如果你執意用大寫字母寫出全部內容，就是逼著觀眾降低閱讀的速度，他們理解你的意思的能力將被削弱。不要犯了「通篇全用大寫字母」這種錯誤。只有標題或個別短語能用大寫字母表達。自然地使用大小寫字母的投影片，更易於被觀眾理解。
- 單字與句子之間的空格要符合標準。句號後空一格。
- 標題格式要統一。副標題的字級要小於正標題，以表現層次上的主次關係。
- 任何一頁投影片都不要出現太多行的文字。
- 表格和圖形可以使用彩色填充，以增加趣味性和便於理解。
- 所有內容都要從頭到尾檢查兩遍，確保次序正確。
- 投影片出現的所有內容，都要做到能讓最後一排觀眾看清楚。試著站在房間最後面看看你的投影片。

- 用膠帶固定好電線，以免有人被絆倒。
- 每頁投影片在大螢幕上停留的時間不能太短也不能太長。時間長度應恰好夠你解釋清楚該投影片要表達的內容，解釋完畢後趕緊切換到下一張投影片。單張投影片在螢幕上停留太久會導致觀眾對演講失去興趣。

影片片段

- 影片僅能用來強化你想表達的內容。還記得念書時，有時歷史老師因為沒有提前備課，而在課堂放電影嗎？不要犯類似的錯誤，不要為了娛樂而娛樂。對於一場準備充分的演講來說，影片發揮的作用應當是補充而不是替代。
- 播放、退出——也許先在此處穿插一分鐘的影片，再於別處穿插一分鐘的影片。這就解釋了為什麼它們會被稱為影片「片段」。如果播放的時間過長，那它們就該被叫作影片「干擾」了。要明白二者的差別。
- 使用統一的主題和風格。多段影片需要有統一的格式，就像你演講的其他部分需要統一格式一樣。不要讓觀眾迷失在大雜燴般的影片剪輯風格裡。

- 注意你會用到的影片播放工具。提前檢查並調整試用所有播放設備。要有足夠多且可用的螢幕，讓觀眾不至於為了觀看影片而伸長脖子。
- 大膽使用影片感染觀眾的情緒。要想找到貼近生活的素材，影片是最合適不過的資源。例如，你正在發表演講，主題是捐血的必要性，你可以試著播放一段捐血受益者的小影片。影片中要有人臉特寫、握著父母手的孩子和正在安慰病人的醫生。不要使用「完美」的人。要用看上去和你的觀眾差不多「真實」的人。

聲音效果

麥克．彭博在擔任紐約市市長期間，敲響了紐約證券交易所的鐘聲。他在敲鐘現場說的話，讓這個動作超越其本身的紀念意義，他說：「我可能是唯一一個曾就職於紐約證券交易所的紐約市市長，我為自己能站在此處而高興。沒有什麼比紐約證券交易所更有資格象徵紐約這座城市了。」

賓州巴克鎮的反酒駕母親協會每年都要舉辦一場儀式，紀念每年數以千計因酒駕事故傷亡的人。在整場儀式中，每三十秒警鐘就會鳴響一次，代表那些因酒駕引發交通事故的駕駛帶給全社會造成的損失。

美國專利商標局的商標專員黛博拉・科恩（Deborah Cohn），她曾於二〇一三年在印度孟買舉行的產業會議上發表談話，當時她藉由展示照片，向在場觀眾說明受智慧財產權保護的商標在生活中無處不在，從鞋子到糖果上都有商標。她還播放了聲音片段，以便觀眾了解音訊形式的商標。你可以在演講中尋找播放音訊的機會，因為在大多數情況下，觀眾會覺得聲音效果是整場演講中最難忘的部分。

運用實物

你會不會想把某樣有趣或新奇的東西展示給觀眾看？想不想跟大家分享某張極具視覺衝擊力的照片？你可以這麼做，只是要保證每位觀眾都能看見你手裡拿的是什麼。

1—將該實物舉起來。舉得高一點，以便每個人都能看見。

2—先舉著它不動，持續一段時間。

然後，再緩慢地將它移到現場每位有空觀賞的觀眾面前。（你在移動的時候要保持安靜。請觀眾在觀看過程中也不要說話，否則他們隨後就無法全神貫注聽你說話了。更糟糕的是，如果觀眾在該實物離開自己的視線後繼續聽你解釋展示該物品的用意，他們就會產生悵然若失的感覺。）

3

創意道具

在某次發表國情咨文時，雷根前總統曾當眾舉起約二十公斤重的聯邦預算文件，給在場的每位觀眾過目，接著他砰的一聲將這些文件摔在地上，表明他絕不會批准其中的任何一項預算。

馬克．吉倫（Mark Gearan）出任柯林頓前總統的公共關係事務負責人時，他將妻子和一歲兩個月大的女兒都帶到白宮。當閃光燈在他女兒臉上亂閃一陣後，吉倫看著自己的寶貝自嘲說：「還有比你更動人的道具嗎？」當然，你用的道具不必如此極端。

應急工具包

如果你在演講過程中需要用到電腦，就一定要實際點。問問自己：「要是電腦在現場連不上網路怎麼辦？要是我突然感到緊張，無法讓自己的筆記型電腦正常運作怎麼辦？」細心做好準備，同時要意識到：就算你做了全面準備，也無法保證在現場使用電子設備時不會出錯。一般來說，設備越複雜，出現的問題就越多。實際情況是，使用多媒體設備發表演講的風險比使用傳統掛圖還更大。

每次準備演講時，你都要隨身攜帶應對緊急情況的工具包，當中要準備的有：

- 額外的行動硬碟
- 延長線
- 備用燈泡
- 電源轉接頭
- 多孔插座
- 強力膠帶（你不希望有人被散落在地上的電線絆倒吧）

- 剪刀
- 螺絲刀
- 鉗子
- 小型手電筒

畢竟，花費高額成本準備的一次演講，最終可能毀在只值一・一九美元的小燈泡上。為避免失敗，請仔細準備。

此外，應急工具包中還要放一些頭痛藥，以備不時之需。處理技術故障會給演講者帶來壓力，難道你想臨上台前四處找人借頭痛藥嗎？（老實說，確實有人跟我說過這樣的遭遇。）

版權問題

如果你想：

- 在頒獎儀式上播放某首勵志歌曲。
- 在投影片中使用具有政治意味的漫畫。

- 在公司員工大會上播放某部熱門電影的片段。
- 影印摘自雜誌上的文章當講義。
- 翻印某藝術作品，用作演講中的例證。
- 綜合多篇文章，製成「課程資料包」，用於下個階段的培訓。
- 影印某本觀眾可能覺得有用處的書籍部分內容。

如果你覺得以上這些都是好主意，請再仔細想想。

美國著作權法保護所有原創作者的智慧財產權。在未經原作者同意的情況下，任何人不得以任何形式使用其作品。原作者可以限制本人作品被使用的情況，這是其一。其二，原作者可以向使用作品的個人或組織收取費用。

如果你的想法是：

- 「只有一小群觀眾在場，不用擔心版權問題。」
- 「我們是非營利性組織，不需要支付任何轉載費用，對嗎？」
- 「嘿，我只是在會場上播放這部電影中截取的一個片段而已，有誰會發現呢？」
- 「在家長教師協會，我們一直影印別人的文章當講義的。」

如果你想的跟以上某個想法類似，請再慎重考慮一下。

版權著作品被創作出來的那一刻起生效，任何人都不能在未經作者允許的情況下使用該作品——沒有什麼辯解的餘地。因此，你要做的就是尋求許可，確保一切都符合智慧財產權和版權保護法規。

你自己擁有影片的使用權嗎？如果有，就讓其他獲取該影片使用的人簽署相關使用協議。如果你還有版權方面的問題，可以諮詢律師。

何時該使用視聽設備？

假如你打算在演講中使用投影片（或任何其他形式的視聽工具），請先問問自己以下問題。

	是	否
1、這樣能否為觀眾節省時間？	□	□
2、這樣能否使我的演講更有趣？	□	□
3、是否有必要使用這一互動方式？	□	□
4、它是否值得我花時間準備？	□	□
5、它是否值得我花錢（飯店設備使用費等）？	□	□
6、它是否值得我耗費額外的彩排時間？	□	□
7、全體觀眾是否都能清楚看到它？	□	□
8、字級大小是否滿足閱讀需要？	□	□
9、使用的色彩是否得當？	□	□
10、版面設計是否有利於我表達相應的內容？	□	□
11、內容是否準確？	□	□

	是	否
12、我是否仔細審校過，非常仔細的那種程度？	□	□
13、如果其中一部分內容被媒體引用，我是否會尷尬？	□	□
14、我能否自信地將它展示給大家看？	□	□
15、萬一設備出現故障，我是否準備了備用方案？	□	□
16、使用它時，我能否與觀眾保持眼神交流？	□	□
17、在不背對觀眾的情況下，我能否用手指向大螢幕上的內容？	□	□

如何讓自己準備好？

演講的時候，你會希望自己看起來和聽起來都是在最佳狀態。不要在以下問題上「順其自然」。

讓自己看起來很好的方法

有的時候，衣著上微小的細節就能產生極大效果。一九九三年，美國總統柯林頓在白宮南草坪上主持了巴勒斯坦領導人亞西爾．阿拉法特（Yasser Arafat）和以色列領導人伊扎克．拉賓（Yitzhak Rabin）的歷史性會晤。柯林頓總統事先意識到，當天現場會有很多不可控因素，但有一件事完全在他的掌控之中——就是他自己的領帶。當天他繫了一條印有小喇叭圖案的領帶，象徵為阿拉法特和拉賓的握手言和吹響慶祝的號角。

當然，並不是所有的演講場合都那麼富有紀念意義。以下是一些通用的指南：

- 不要穿著全新的衣服發表演講。你的身體還沒有完全「適應」新衣服，這會讓你感覺僵硬和不適。另外，還有什麼比演講中途彎腰就導致紐扣掉落或衣服開線更讓人尷尬的呢？還是穿你的「老相好」為佳，這些衣服穿起來最舒服，穿上它們，你可以想擺什麼姿勢就擺什麼姿勢。

- 對於大多數商務場合而言，服裝要保守。如果你不確定某件衣服適不適合穿去該場合，那就別穿。不要讓你的服裝比演講內容還出色。
- 不要穿著剛從衣櫥裡拿出來的衣服去活動現場，你應該先檢查一下。我就犯過這樣的錯誤，結果到現場才發現，我最喜歡的義大利羊毛針織衫已經被蛀蟲蛀得面目全非，當天我只能穿著一件全是洞的衣服出現在公開場合。

給男士的建議：

- 深色西裝，當然要事先清理乾淨，熨燙平整。（一般來說，海軍藍或「銀行家藍」屬於能展現權威、樹立信任的顏色。）
- 長袖襯衫。（白色或藍色在明亮的燈光下最好看。）
- 顏色保守的領帶，可以帶一點象徵權力的紅色。（政客慣用的伎倆。）
- 深色長筒襪。（當你坐下蹺起腿時，觀眾不會看見你的腿毛。）

- 擦亮的皮鞋。
- 不要讓襯衫口袋處露出一截鋼筆。
- 不要讓硬幣或鑰匙把褲子口袋裝得鼓鼓的。

給女士的建議：

- 套裝、連衣裙或褲子。（當然要選不容易起靜電的質料。）
- 別穿低領衣服。
- 如果你是坐在台上講話，要注意裙裝的下襬。如果發言時需要坐在像酒吧裡的高腳凳上，就更要注意。（我發現這已經成為近幾年的趨勢。主辦單位越來越喜歡讓演講者坐在高腳凳上，他們的理由是：「為了營造更加自然的感覺。」這樣做有什麼問題呢？坐在高腳凳上非常累人，如果你還穿了不合身的衣服，場面就會十分尷尬。）

我為很多人做過媒體訓練。其中一位客戶是在參加了一個災難般的電視節目後來找我的。顯然，為了營造「自然」氛圍，節目製作人決定讓嘉賓坐在舒適的豆袋沙發（懶骨頭沙發）上。當這位客戶坐下去之後，沙發讓她感覺自己就像陷入一大團棉花的小女孩。她很抗拒這種感覺。我看了現場影片後，立刻明白她為何會如此抗拒。當她被迫坐在一個像玩具般的椅子上時，她還怎麼樹立自己的公信力？在採訪的大部分時間裡，她一直拚命地把自己的裙襬往膝蓋下方拉。

- 鞋跟高度要適中，不要穿細高跟鞋，否則你走過木地板時會製造噪音。
- 不要佩戴樣式誇張的珠寶首飾。
- 請某位觀眾幫你看管錢包或公事包。（不要將它們帶上台。放在台下時，要確保有人幫你看管。所有的大型場合都會出現職業小偷。）

最後，關於服裝你要記住：穿什麼衣服和說什麼話同樣重要。這使我想到賈斯汀·韋爾比（Justin Welby），他在二〇一三年出任英國坎特伯里大主教，當時他發表了主題為節儉和樸實的演講。在接受英國廣播公司採訪時，他穿著一套售價十五美元的二手西裝，是從牛津饑荒救濟委員會買來的，該慈善組織的宗旨是「致力於建設沒有貧困的公平世界」。

讓自己聽起來很好的方法

- 好好保護你的嗓子。別在演講前一天為橄欖球隊加油歡呼。
- 演講前一天晚上可以在房間裡使用加濕器。如果你住在飯店裡，睡前可以在浴缸裡放點水，增加空氣濕度能有效預防嗓子發乾。
- 蜂蜜檸檬熱茶對嗓子非常好。花草茶能安撫情緒。柑橘茶尤其能使人放鬆。
- 演講前請勿飲用碳酸飲料。還有一點不用我說你也知道：不要喝酒。

首字母縮寫的美式發音

這裡列出一些常用縮寫。在這個結構中，美式發音的重音通常落在最後一個字母上（或落在最後一個單詞上）。大聲朗讀下列縮寫，讓你的聲音在演講之前活動一下做準備。（就像運動員在大型賽事前要做準備一樣，演講者也應該在一場大型演講前讓聲音做好準備。）

US（美國）

CDC（疾病管制暨預防中心）

VP（副總統、副總裁）

UK（英國）

NIH（美國國家衛生研究院）

UPS（UPS國際快遞）

OK（好的）

E71（E-SEVENTY-*ONE*）

A+（A-*PLUS*）

USA（美國）

CEO（執行長）

IRS（美國國稅局）

UN（聯合國）

FDIC（美國聯邦存款保險公司）

FED EX（聯邦快遞）

AAA（TRIPLE *A*；美國汽車協會）

9-11（NINE-*ELEVEN*）

Chapter

11 傳達

真誠就是一切。如果你連真誠都能偽裝出來，你離成功也就不遠了。

——喬治・伯恩斯（George Burns），喜劇演員

俗話說得好，熟能生巧。透過大量練習，就算你無法成為一位完美的演講者，也一定會成為比之前更好的演講者。如果選對練習方式，你甚至有可能成為偉大的演講者。

本章將針對以下做出指導：

- 排練
- 風度儀態
- 聲音控制
- 眼神交流
- 肢體語言

本章還將談到如何應付演講者的兩大威脅：緊張的情緒和起鬨的聽眾。

練習表達

你不僅要練習讀演講稿，還需要練習演講時會用到的一切傳達方法。只知道演講稿裡的內容是遠遠不夠的，你還要了解，你做的哪些手勢、哪些停頓和重讀，有助於觀眾理解你要傳達的內容。

想做到這一點，你需要分六個步驟練習。首先是熟讀演講稿，然後是熟悉必備的表達技巧。

1

從大聲朗讀演講稿開始。將朗讀內容錄下來。看看從頭讀到尾需要花多長時間？為避免句子長得無法讓人一口氣從頭讀到尾，你需要在哪些地方略作停頓？為了優化表達效果，有沒有哪些句子需要改寫？你是否需要變換語速？你的聲音聽起來怎樣？讀到句尾時，音量會不會減小？

如果你無法控制自己的音量大小，可以在練習時將錄音設備放在房間另一頭。這個小技巧能迫使你朗讀的聲音更大。

2

站在一面鏡子前練習。到了這一步，應該已經對演講稿熟悉到不用再照著稿子唸。你要把注意力集中在強調重要的內容上。看著鏡子裡的自己，觀察讀到重點內容時，面部表情是如何變得更生動有活力。

注意，每次練習時，都要從頭到尾排練整場演講，否則你準備好的可能只有演講的前半部分。練習時不要讓自己有「回溯過去」的機會。假如你在排練過程中不小心犯了錯誤，例如講稿看跳行或漏讀了一部分，不要回到出錯的地方重新開始。要實際點。如果有觀眾坐在你面前，你還能像這樣彌補錯誤嗎？這就是在排練時為何要練習從這種情況中恢復過來的原因。

對著你的某位朋友練習。儘量模擬真實環境，布置多把椅子來營造觀眾席的感覺。站著練習，使用演講桌。（如果沒有演講桌怎麼辦？可以用樂譜架代替。樂譜架重量輕、可調整，而且價格不貴。事實上，很多演講者都會買一個便攜式樂譜架，因為樂譜架可以輕易調整成自己喜歡的高度。當演講者身臨現場時，可以舒服地使用屬於自己的「演講桌」，而不用被迫站在笨重的木質演講桌後面，這種木質演講桌很難移動，而且不能調節高度。）

3

如果你得戴上眼鏡才能看清演講稿上的字，那你現在就可以練習這個動作，看看怎樣才能不動聲色地戴眼鏡、摘眼鏡。練習安靜地將紙翻到背面，不要翻得太猛。翻頁時，雙眼應看向觀眾。

說到這裡，你應該把演講稿開頭半分鐘到一分鐘的內容，以及結尾半分鐘到一分鐘的內容背下來，因為這是眼神交流最重要的兩個時段。不要把整篇演講稿背下來，不然你的演講聽起來會很不自然。相對於死記硬背全文，你應該做的是把重點都記在心裡。要把注意力放在觀點上，而不是個別詞句上。事先查詢大量資料，確保自己充分掌握了這些觀點。演講者繼續講下去的動力正是與觀眾的眼神交流。

在你覺得自然的地方微笑。藉由手勢來幫助觀眾理解你想要表達的內容。也可以讓表情來替你說話。

4

再請一小群人觀看你的排練。儘量與每個人都保持良好的眼神交流。透過變換語音語調吸引觀眾的注意。留意哪裡需要加快語速，哪裡需要減緩語速，何時應提高音量，何時應降低音量。你每排練一次，都會發現自己對內容的記憶和理解又增加了幾分。

5

追求最佳表現。想想查斯特菲爾德（Chesterfield）勛爵提出的建議：「做任何事都要追求完美，即使在大部分事情上這一目標都難以實現。然而，相比那些因懶惰和膽怯而直接放棄的人，勇於追求並堅持下來的人會更接近完美。」

可能的話，去演講現場排練。提前熟悉場地能讓你在演講時更加有自信。如果無法去現場練習，就提前趕去演講現場，以便在演講開始前有足夠時間熟悉現場環境。

6 風度儀態

演講並不是在你開口說話時開始的，而是從你進入房間的那一瞬間開始。一旦觀眾看見了你，就會馬上在心裡生成對你的第一印象。第一印象十分重要。請給觀眾留下好印象。從出現的那一刻開始，就要表現出良好的個人氣質。請穿戴整齊，手上不要拿著一堆凌亂的紙張。步伐要自信並合乎商業禮儀。要禮貌，保持微笑，為走在後面的人留個門。（這樣做有助於你多為他人著想，減少對自身的關注，從而有效減輕演講前的焦慮。）

認真傾聽其他發言者的發言，並做出恰當回應。要特別關注那個向觀眾介紹你的人。在你走上講台的過程中，所有人的目光都會落到你身上，因此，不要在這個備受矚目的時間扣鈕扣、擦眼鏡或整理文稿。這些細節工作應該在你起身去講台之前做好。

不要刻意遮掩你事先準備了書面演講稿的事實。演講稿以單手拿在身體的一側，不要用雙手把它抱在胸前，這會讓講稿看起來像一面防護罩。如果你打算和那個向觀眾介紹你的人握手，就提前把演講稿拿在左手，如此就不必等到最後一刻再換手拿。

千萬不要提前把演講稿放在演講桌上，因為在你前面發言的人可能會不小心把它帶走，那你的麻煩就大了。

走到演講桌旁邊之後，要注意七大項絕對不可跳過的準備工作：

1 — 打開資料夾，拿掉演講稿上的迴紋針。深呼吸。

確認演講桌讓你感到舒服。當然，你應該已經提前檢查過。但不排除有其他的發言者重新布置過（或是把還裝有半杯水的玻璃杯留在演講桌上），現在輪到你來整理。畢竟，這是你的演講桌了。

3

檢查麥克風的位置。同樣，你也應該提前測試過麥克風。檢查開關。如果你想測試音量，不妨說「早安／午安／晚安」。

不要對著麥克風吹氣或拍打它。如果你想檢查麥克風能否正常運作，只需要問坐在後排的觀眾：「音量合適嗎？」如果不合適的話，他們會告訴你的，然後你可以請現場負責設備的工作人員幫你調整。不管面對什麼樣的情況，都不要站在那裡盯著麥克風不停地重複：「喂，喂，喂。」

4

身體要站直，將體重均勻地分配給左右腳。這樣你才能站得「很穩」、能有控制局面的感覺。

5

控制全場。在「思想上」占據這間房間，包括它的每一個角落。注意觀察房間後面及兩側的牆壁。

6

正式開始發言前要先看向觀眾，讓他們稍等片刻。這個停頓有利於讓觀眾安靜下來，也給了你機會來……

7

……深呼吸！

現在，你準備好開始演講了。

聲音

據說，雅典古代的雄辯家狄摩西尼（Demosthenes）曾把小石子含在嘴裡練習說話。你不需要採取這種極端的做法。檢查以下的基本語音要素即可。

- 語速。用碼錶為自己計時。你一分鐘內能說多少個詞？大多數演講者每分鐘說的英文單字約在一百三十個到一百五十個之間。但不同地區的人語速可能不同（在美國，北方人的語速要比南方人語速快），同樣影響語速的還有說話者的年齡（年輕人的語速要比年長者的快）。
- 多樣性。你能調整自己的語速嗎？例如減緩語速來迎合悲傷氣氛、加快語速以營造激動的感覺。
- 重音。你的重音落在正確的部分嗎？
- 音量。人們能聽清楚你說的話嗎？如果不能，就把嘴巴張大一點。
- 節奏。你搭配了不同長度的句子嗎？

- 冗詞贅語。你會用「嗯」、「呃」和「啊」這類嘆詞讓觀眾厭煩嗎？
- 清晰度。你的發音清晰嗎？不要試圖含糊地讀縮短形（例如將wouldn't讀作wu'nt）。不要把音節讀顛倒（例如將prescription讀作perscription）。不要吞音（特別要留意較長的單字結尾）。不要添加額外的音（例如將across讀作acrost）。

聲音：清晰發音的幾則參考（此處提供的參考建議均針對英語）

1 ｜ 不要丟掉結尾的-NT，例如：

a. percent、count、continent、vacant、efficient、went。

b. can't、wouldn't、couldn't、didn't、shouldn't。

2 不要丟掉結尾的-LT，例如：「As a result, the plant was never built.」

3 不要丟掉結尾的-ST，例如：「We lost the mailing list.」

4 不要丟掉結尾的-R，例如：fear、door、soar、offer、core values、core curriculum。

5 不要漏掉單字中間-R的音，例如：party、warning、start、board、support、market、afford、large、order、hard、overtime、energy、thought leadership。

6 把-ING完整發音，例如：planning、starting、counting、banking、managing、beginning、meeting。

《重要的不是說什麼，而是如何說》（*It's Not What You Say, It's How You Say It*：中

文書名暫定）這本書中有大量關於英文發音技巧和其他演講表達的內容。如果想提升自己的演講技能，這些內容將對你大有幫助。

如果你有發音方面的缺陷，我建議去尋求專業人士的幫助。改進自己的發音、提升發言自信，這件事任何時候做都來得及。我見過各個年齡層的人在發音上都會有顯著的進步。可以請認識的醫生為你推薦一位語言治療師，或者聯絡當地學校，諮詢語言障礙治療診所的相關訊息。你所處當地的醫院也可以作為一個極佳的資訊來源，醫院官網上可能會列出你所在地區的所有語言治療師訊息。

每個人都有權選擇讓自己感到自信和舒適的說話方式。如果發音上的缺陷妨礙了你與聽眾或觀眾之間的關係，你可以改善這種情況。方法就是請一位專業的語言治療師或發音老師。這可能會成為你做過的所有投資裡收益最大的一個。祝你好運！

停頓的檢查表

專業的演講者都知道停頓和語句本身同樣重要。請參考以下建議：

□ 1、在表示前提的用語或句子後停頓：

a.「等到你和行政部門的人見面時，（停頓）這些資料都會進行公布。」

b.「儘管董事會的工作已經進行得很順利，（停頓）但我們還是要為下一年做些改進。」

□ 2、在連接詞之前（「但是」、「否則」、「而且」、「因為」等）停頓：

a.「我們力勸他們修改提案，（停頓）但他們沒有採納這個建議。」

b.「蘇珊平時的工作很出色，（停頓）然而她這次的報告沒什麼說服力。」

□ 3、在列舉一連串事物時停頓：

a.「我們需要重新檢查資料……（停頓）複查資料來源……（停頓）核查統計資料……（停頓）諮詢外界意見……（停頓）還要極謹慎地做好校對工作。」

b.「我們分別在多倫多市……（停頓）克利夫蘭市……（停頓）舊金山市……（停頓）亞特蘭大市……（停頓）以及西雅圖舉行會議。」

眼神交流

「有效的眼神交流」比任何其他因素都有助於內容的傳達。

當你看著別人時，被看的人會認為你關心他們。他們會相信你態度真誠、誠實可靠。當觀眾對你產生這樣的感覺時，你的演講離成功就不遠了。

你的目光要與觀眾的目光相接觸，這裡的觀眾是指坐在觀眾席的每位獨立個體。不要往觀眾的頭頂上方看，也不要盯著房間後面某個空蕩蕩的地方。（曾有人將這些做法當成建議提出來。我就不兜圈子了，這不是好建議。）

不要用眼睛「掃視」整個房間。你應該直接看向房間裡某個具體的人，一直看著這個人，直到表達完自己的某個想法，然後再將目光移向下一個人。如果你想向觀眾傳遞真誠，就一定要跟他們保持有效的眼神交流。

不要反覆看向同一人。在時間允許的情況下，你能進行眼神交流的觀眾越多越好。此外，眼神交流還能及時給你觀眾的回饋。

觀眾看起來對我的發言感興趣嗎？還是他們已經無精打采了？如果你感受到觀眾有些無聊，就要加強眼神交流，變換語音語調，使用肢體語言。

儘量不要在語法上的停頓處（例如兩個句子之間的停頓處）環顧觀眾，因為當你沒有在說話的時候，肢體動作看起來會很笨拙。

演講桌

是否使用演講桌，這是個基本問題，會向觀眾釋放強有力的訊息。大多數演講者在大部分演講中都會用到演講桌，這種做法合情合理。別的不說，它至少為你提供了一個放資料和水杯的地方。

可惜的是，很多演講者常不假思索地選擇每次演講時都使用演講桌，這種做法並不可取。演講桌遮住了你大約百分之七十的身體，並在你與觀眾之間豎起一道屏障。很少人能借助這種屏障，讓演講變得更精采。

如果你能在演講時適度離開演講桌，即便只離開一會兒，也會顯得更自信、更討人喜歡，也更具說服力。是不是值得一試？

紐約市前市長朱利安尼在發表市長告別演說時，從聖保羅教堂的演講桌邊走下來，走向現場的觀眾。這樣做表達出市長對市民的深切關懷，也激起民眾對市長的大力支持。

肢體語言

大部分有關演講的書都會談到手勢的重要性。比起手勢，我更想談談其他肢體語言的重要性。當然，在手部動作的輔助下，你能更有效地向觀眾傳達自己的想法，但除了手部動作之外，整個身體都應該隨著發言動起來。

挑眉毛、微笑和聳肩這些動作，都可以用來表達說話者的想法。只要用得恰到好處，這些動作就能為你的演講帶來很大幫助。

此處有個小練習：在網路上搜尋諾曼．史瓦茲柯夫上將於波灣戰爭的「沙漠盾牌行動」和「沙漠風暴行動」期間的簡短有力談話。你能從史瓦茲柯夫上將的演說中學到實用的表達技巧。

- 他抬頭挺胸地站在演講桌側面。（這和很多來自企業界的演講者形成鮮明對比，那些人拚命將自己藏在演講桌後面。）
- 他做了很多大膽的手勢，而且動作幅度都很大，以便台下每個人都能看見。
- 他與現場觀眾保持直接的眼神交流。
- 最令人耳目一新的是，他用臉部表情向觀眾傳遞各種不同的情緒，例如決心、同情、驕傲、憤怒和承諾。（在這裡可沒有面無表情的政府官員。）

提前將自己要做的動作編排好不僅沒有必要，甚至也不可取。你會發現，隨著演講的進行和正在表達的觀點，你的動作會自然而然地做出來。例如，你在發言中加入自己的熱情、想法和生活經歷，肢體動作就會相對地表達到位。如果你做不到的話，那麼揮手再多次也於事無補。

練習發言時，你會發現：

- 強調某個觀點時，你的身體會微微前傾。
- 引用有趣的內容時，你會微笑。
- 感受到觀眾有良好的回饋時，你會輕輕點頭。
- 引用某些粗魯或不正確的言論時，你會不自覺地搖頭。
- 總之，你會發現自己散發著個人魅力。你向觀眾傳遞的熱情越多，你的個人魅力也就越大。這是一種交易——付出就會有回報。

關於手勢，有一點需要注意：動作的幅度不要太小。如果你動一根手指來說明某項內容，觀眾甚至可能看不見你的這個動作。舉起整隻手，舉起整個手臂，讓身體的動作替你說話。

如果你不善於用肢體動作表達自我，可以在演講開始前按照「8」字形甩動手臂（當然，要在私底下做）。這種大幅度的動作有助於放鬆心情。

結束發言後

假如你剛剛說完演講稿上的最後一句話，這時你要注意了。你的演講其實還沒有真的結束。不要立刻離開演講桌，留在自己的位置上。再直視觀眾幾秒鐘，和剛才掌控演講時一樣，繼續掌控現場的安靜氣氛。

如果你寫出了一篇成功的演講稿，那麼最後的幾句話應當是富有力量並令人難忘的。實際上，你的結語很可能是整場演講中最精采的部分，讓觀眾多回味回味。

然後合上資料夾，走下講台。下台的步伐要乾淨俐落、充滿自信，就和你上台時一樣。

在你入座以後，不要立即和坐在旁邊的人講話。此時講台上很可能已經站了其他的演講者，假如你現在說話，觀眾會覺得你很粗魯。

最重要的是，不要跟人交頭接耳，說諸如「啊，終於結束了」、「你能看見剛才我的手抖得多厲害嗎」之類的話。我見過很多演講者在發言結束回到座位上之後，便開始搖頭晃腦、左顧右盼，他們這種行為只會破壞原本良好的發言效果。

安靜地坐下，讓自己看起來專注且自信。觀眾可能還在鼓掌。面帶微笑，用表情告訴大家自己很高興來到這裡。其他的表現都會讓你看起來很不自然。

很多演講者甚至連掌聲都提前規劃好，這種做法一般是針對重要場合的。演講者會請工作人員來聽演講，讓他們分散坐在觀眾席中。當這些人開始鼓掌時，就會帶來連鎖效應。瞧！長時間的起立鼓掌！

緊張

「我害怕自己會緊張。」這是演講者通常都會有的感覺，而且在某種程度上算是一件好事。這說明你很重視向觀眾傳達訊息的過程，並且真心希望自己看起來和聽起來狀態都不錯。

重要的是，你要明白緊張究竟是什麼。緊張是一種能量。只要你能好好引導這種能量，它就能轉化成積極的力量。你可以讓這種力量為己所用，使自己受益。

但如果聽任這種能量自由發展，允許它控制你，那你就有麻煩了。它或許會令你口乾舌燥、聲音嘶啞，也可能讓你下意識地前後搖晃身體，然後在演講中說出許多多餘的「啊」、「嗯」。緊張還可能引起健忘。

你該怎麼引導緊張的能量呢？照本章說的去做，學著將多餘的能量轉換到眼神交流、肢體語言和聲音情緒中。這些身體活動能為緊張找到出口，不失為消耗多餘能量的好方法。

除此之外，有效的眼神交流、有力的肢體語言和充滿激情的聲音，都能幫你建立自信。當你直視觀眾並觀察他們臉上的反應時，你就很難再感到緊張了。

發言前預防緊張的技巧

做任何事都有訣竅，演講也不例外。來看看專業的演講者是如何約束自己的緊張情緒。

面對因緊張引起的身體不適，你首先要做的就是和醫生聊聊。醫學專家能提供可靠的意見。（尤其是牙醫，他們熟知緊張或壓力可能導致牙關緊閉或磨牙等症狀。）

這裡有一些實際幫助過演講者的有效練習：

- 試試「肢體練習」。在開始發言前，可以獨自去洗手間或某個安靜的角落，將注意力集中到身體最為緊繃的部分。是你的臉？你的手？還是你的胃？刻意地先將這個部位繃得再緊一些，然後放鬆。你會體驗到強烈的釋放感。如此重複幾次。
- 慢慢低下頭。放鬆臉頰的肌肉，之後再讓你的嘴巴鬆弛下來。
- 做鬼臉。用嘴巴鼓氣，再將氣體吐出。或者先張開嘴巴睜大眼睛，然後再將嘴巴和雙眼緊緊閉起來，這樣交替做幾次。多打幾次哈欠來放鬆你的下巴和口腔黏膜。
- 假裝你是一名歌劇演員。模仿歌劇演員練聲時唱的「咪、咪、咪」，多唱幾次。唱的同時還要揮動手臂。
- 試試「心理練習」。在腦海中回想那些曾帶給你美好回憶的事物，例如在湛藍的大海上航行；在群山間的湖泊中游泳；在沙灘上漫步，享受腳趾接觸沙子的感覺。（水常常能讓人心生平靜。）

- 理性地安慰自己。對自己說：「我準備好了。我知道自己要說什麼。」或者：「我花了一年時間在這個計畫上，沒有人比我了解得更清楚。」又或者：「我為自己能站在這些人面前發言而高興，這有利於我的職業發展。」我認識一個人喜歡不停地對自己說：「這總比死好，這總比死好。」這句話聽起來有點極端，但確實對他很有用。況且他說的是對的，上台演講總比去死好。

如果你懼怕發表演講，就試著想想那些對你來說比演講更恐怖的事物。如此對比之後，演講就會變得比較有吸引力了。

- 試著在心裡想像一遍。假設你剛被介紹給觀眾，想想接下來具體要做哪些事。你會從座位上站起來；你會用左手拿著資料夾；你會自信地走向講台；你會抬頭挺胸；你會直視那個向觀眾介紹你的人；你會和那個人握手；你會……如果在你的想像中，自己表現得很自信很成功，那麼等到實際演講時你也會自信而成功的。

最重要的是，不要跟觀眾說你很緊張，永遠不要。要是說了，你會讓自己更緊張，連觀眾也會被你弄得很緊張。

在發言中預防緊張的技巧

你已經仔細準備好演講稿，也做了發言前的相關練習。現在，你站在講台上，是不是感覺微微口乾？

不要驚慌。加強與觀眾之間的眼神交流，這有助於你將注意力從自己身上轉移到觀眾身上，緩解口渴感覺。

如果你仍然覺得口渴，就喝自己提前放在演講桌上的水。不要覺得尷尬，對你自己說：「這是我的演講，我想喝水就喝水。」

還有其他的生理反應嗎？例如：

- 汗水順著額頭往下流。用你提前放在演講桌上的手帕擦汗。不要猶豫，大大方方地擦。輕輕拂過是起不了作用的，而且你要是輕輕拂過的話，就得反覆這個動作，還不如第一次就直接用力擦乾，省時省事。此外，不要用紙巾擦汗，紙巾的碎屑會黏在臉上，使你看起來很狼狽。
- 顫抖的聲音。暫停講話，強化你與觀眾的眼神交流，注視著他們。隨後調整好呼吸、降低音調，重新開始講話，專注在清晰且穩定地吐字。

- 抖動的雙手。放心吧，觀眾可能根本注意不到你的手在抖，但如果你很在意這件事或是被它分散注意力，可以做一些肢體動作來釋放緊張情緒。例如變換雙腳位置、邊說話邊往前走幾步、朝觀眾微微傾斜身體，或是動動手臂。做點什麼來消耗體內因緊張而產生的「能量」。（要是一直僵在那裡，你的手只會抖得更厲害。）
- 心跳加速。沒關係，觀眾看不見你胸部的起伏。如果你因此而擔心自己的健康狀況，可以諮詢醫生。
- 清嗓子。如果你忍不住要咳嗽，那就咳吧，記得離麥克風遠一點。喝幾口水，或含一片止咳藥在嘴裡。我要再說一遍，準備充分的演講者每次都會隨身攜帶止咳藥——拆了包裝的小片止咳藥，便於隨時服用。
- 流鼻涕，淌眼淚。明亮的燈光可能會引發這些反應。你只需要停下來，說「不好意思」，然後再擤鼻涕或擦眼淚即可。不要小題大做地向觀眾道歉，一句簡單的「不好意思」就足夠了。

- 感到噁心。假如你在演講前感染到某種病毒，害怕自己會在發言過程中嘔吐，就問問醫生的意見，省去無謂的擔心。

對於舞台演員來說，演出是不可中斷的，即使他們患了嚴重的病毒感染。所以很多演員會在後台放一個垃圾桶，以便能在換幕時嘔吐。

但你並不是舞台演員，何必把病毒傳染給別人呢？如果感到非常噁心，而且排除了過度緊張的因素，那就直接取消演講。因為你之前已經準備了完備的演講稿，可以請同事代你唸。如果其他人無法替你完成，你可以提出將演講日期延後。

- 打嗝。有些人在緊張時會忍不住想打嗝。如果你也是他們當中的一員，在發言前就要做大量的肢體練習來讓自己鬆弛些。演講當天不要喝碳酸飲料，午餐要吃得清淡。儘量獨自吃午餐，吃的時候保持安靜，不要邊吃飯邊說話。

- 口誤。專業演講者、電台播報員和電視主持人都經常出現口誤，既然如此，你為何要過於追求完美呢？

如果只是小小的失誤，直接忽略它，接著往下說。如果失誤較嚴重，就要加以修正。只要重複一遍正確的說法即可，說的時候面帶微笑，讓觀眾知道你也是個會犯錯誤的普通人。

然後繼續你的發言，不過這時要稍微減緩語速。一旦出現一次口誤，就很可能再出現第二次。口誤通常都是因為你將太多注意力放在自己身上，而不是放在說的內容上。所以要放鬆心情，減緩語速。

- 健忘。有的人會看著某一位觀眾，然後忘記自己要說什麼。這時候你是不是慶幸自己提前準備了演講稿？那就好，起碼你少了一件要操心的事。

起鬨的觀眾

就像鴨子不會懼怕嘎嘎聲、綿羊不會懼怕咩咩聲，你也不用害怕那些無知的人對你的質疑聲。

——愛比克泰德（Epictetus），古羅馬哲學家起鬨的觀眾常常僅存在演講者的噩夢中。他們幾乎從不會造成現實中的問題。然而如果你在演講進行到一半時，看到有觀眾正在向你招手，那你就需要面對現實了——而且立刻需要。

首先，保持冷靜。起鬨的觀眾就像那些喜歡打騷擾電話的人一樣，他們只是想攪得你心煩意亂。如果你能保持冷靜，就相當於摧毀了他們的樂趣。此外，保持冷靜也代表你依然掌握著控制權。

無視他們在半空中來回揮舞的手，繼續發言。把手舉高並揮舞是件很累人的事，那些人可能很快就會因為疲憊而放棄。（試著將手舉高揮舞幾分鐘，你就會明白我的意思。）

如果你聽到他們的提問，那就停止發言，保持冷靜，並要求該提問者將問題留到發言結束後再問。你的態度要禮貌且堅決。其他觀眾會欣賞你的處理方法，提問的人也很可能會尊重你的要求。然後你再繼續發言。

如果提問者的聲音越來越大，你就不應該繼續發言了。此時你該看向主辦演講活動的負責人。幸運的話，負責人會幫你制止提問者，甚至將他趕出演講現場。

如果負責人沒有這麼做，你就再次向提問者強調：「我剛才說過了，我很樂意回答你的問題，但要等到演講結束之後。」事情發展到這一步，你的耐心和專業素養肯定已經博得現場其他觀眾的尊重和同情。

如果事態惡化，你就直接面對提問者，對搗亂的人說：「在座的各位都知道我是（姓名），來自（公司名稱）。你能告訴我們你是誰嗎？」起鬨的人都傾向於隱瞞自己的身分，和那些打騷擾電話的人一樣。

如果事態繼續惡化，你就向在場觀眾尋求支持。可以停止發言，往演講桌後方退幾步，抬頭挺胸，表現得勇敢且堅定，並保持沉默。讓活動的主辦者出面向起鬨的人施加壓力，讓他閉嘴或離開現場。

畢竟，你才是受邀來演講的嘉賓，不需要向起鬨的觀眾證明自己。你有權得到公正對待，並向觀眾表達你的觀點。

萬一觀眾不願意支持你作為演講者所擁有的基本權利，你也就不要把自己的時間浪費在對他們演講了。你需要做的是帶著尊嚴離開。

令人尷尬的小毛病

檢查你的演講稿時，請特別注意那些容易混淆名詞和動詞詞性的單字。有些詞既可以當名詞，也可以做動詞，取決於你重音是在哪個音節。

想想這幾個詞：produce（產品）、project（方案）、reject（廢品）和console（控制面板）。當你把重音放在第一個音節上，它們全都是名詞；例如，「我們需要三個月來完成這項方案（project，[ˋpradʒɛkt]）。」如果你把重音放在第二個音節，它們又都變成動詞；例如，「這裡介紹了我們是如何規劃（project，[prəˋdʒɛkt]）成本的。」

如果你讀錯重音，觀眾一眼就能看出來你是在「讀」演講稿，這將嚴重損害你作為演講者的權威。請提前練習好。

許多年前，我採訪過瑪姬．孔恩（Maggie Kuhn），她是「灰豹組織」（一九七〇年代美國反抗年齡歧視的民間組織）發起者。這位優秀的社會運動者曾提醒我們注意：「當你最不經意的時候，或許有人正在傾聽你說的話。」

我的建議是，當他們在傾聽時，你要確保自己聽上去狀態良好。

Chapter 12 傳統媒體和社群媒體

當今時代，每個人都可以擁有自己的自媒體，你怎麼能不好好運用這個工具呢？當世界讓每個人都能輕易獲得別人關注時，你又怎能白白浪費這個機會呢？

——賽斯．高汀（Seth Godin），暢銷書作家、行銷大師

你的演講大概不會出現在國際新聞節目中，不過沒關係，你還可以透過很多其他方式來為自己的演講內容博取關注。

可以從小範圍的宣傳做起，一步一步擴大自己的宣傳規模。

從最基本的地方下手，在預算和時間允許的前提下儘量增加宣傳強度，同時，要在演講內容允許的條件下儘量去宣傳。

你要知道，不是所有的演講都有新聞價值。如果你希望一場老生常談的演講獲得媒體注意，那你會失望的。

越是大張旗鼓地博取關注，越有可能什麼關注也得不到。正如網路新聞部落格Mashable的創始人皮特．卡什莫爾（Pete Cushmore）所說：

在我們生活的這個時代，關注度已經成了新貨幣。隨著成百上千的電視頻道、幾十億個網站，還有大量的數位媒體、廣播節目、音樂下載平台和社群網站的出現，我們的注意力比以往任何時候都要分散。

在有這麼多事物分散人們注意力的今天，你該如何宣傳自己的演講呢？以下有十六項建議。

1 — 標題要能引人注意。為你的演講想一個值得被引用的標題。

我有一個習慣，多年來，我一直在收集那些被《紐約時報》及其他新聞刊物一字不改引用的演講標題。我從中學到什麼呢？我了解到，如果你的標題巧妙、生動又富有創意，就更有可能被媒體引用，因為它符合被引用的條件。我同時還發現，像「能源產業的機遇和挑戰」或「關於公共住房問題的討論」這類刻板的標題，從未被媒體引用過，從來沒有。

這告訴我們，所有演講者都有必要為自己的演講想一個吸引人的標題。

「我是強力膠帶」這個標題，出現在二〇一三年的某次空軍談話中，它毫無疑問地引起了我的注意。它出自於空運聯隊指揮官達雷爾・揚（Darrell Young）上校在明尼阿波利斯市的空軍志願者表彰晚宴上的談話，達雷爾上校在當天精采的簡短談話中，反覆用到「延展性」這個詞。你是否不清楚「延展性」在這裡是什麼意思？我也是在讀完整篇講稿後才知道的。這就是好標題的妙處，它會吸引人一探究竟。我們能學到新東西，還能用新視野看待舊事物。

你需要靈感？可以嘗試改寫熱門電影、圖書和歌曲的標題。在日期上開開玩笑，抑或套用去年用過的標題，你還能在該活動的官方主題上加入自己的創意。標題要具體、圖像化，只要你願意，也可以帶著一些玩世不恭。只要不無聊就行。

2

在社群平台上發布演講訊息。在演講前一兩個月，發布「預告時間」的通知。我經常在應邀去某次會議發言時這麼做。等到活動當天，肯定有與會者走過來和我說：「我在LinkedIn上看到你發布的通知，很高興我能按時到場。」

在演講前約兩週時，在社群平台上跟你的線上好友們分享一些「誘餌資料」。告訴他們你的演講主題是什麼，並分享一些吸引他們注意力的花邊新聞。邀請他們有時間的話就來聽你的演講，並請他們介紹一下自己。記住，「社群媒體」這個詞的重點是「社群」，它存在的目的就是將人們聚集在一起。你的社交能力越強，成功的可能性就越大。

3

將你的演講內容拷貝給觀眾。如果你在演講中用到了投影片，可以發布消息說，能將投影片資料用電子郵件傳送給感興趣的觀眾。之後要守信用，儘快將演講內容傳給大家——最好是在演講結束後二十四小時內寄出，最長不能超過四十八小時。後續資料將給人留下很棒的印象。如果能及時傳送的話，更會事半功倍。

4

我是怎麼知道這些的呢？因為我經常要在職業協會演講（例如國際商務交流協會、美國記者和作家協會等）。發言時，我通常都會主動告知，能提供演講內容給觀眾，而他們總是會對我說：「瓊，謝謝你寄給我後續的資料。很多演講者一開始也承諾會將資料寄給我，但他們最終都沒有遵守諾言。」

鼓勵觀眾再將你的資料分享給其他人，以發揮乘數遞增的效果。在工業時代，人們的能力是由最薄弱的環節來決定。到了社群媒體時代，人們的能力則由他們分享的訊息數量與品質決定。誰對你分享的內容「按讚」了？誰在你分享的內容下方發表了深入評論？

還要注意一個問題：一開始就要告訴觀眾，你很樂意將發表的全部內容分享給他們。不要等到他們已經開始手忙腳亂地做了二十分鐘筆記後，你才告訴他們可以提供電子檔。我見過很多演講者犯這個錯，結果當然鬧得很不愉快。觀眾會抱怨自己白白記了半天筆記。

有個實用的建議，可以請工作人員在門口張貼告示，提醒對內容感興趣的觀眾留下他們的名片。這樣做可以省去很多麻煩，免得大批觀眾圍在演講桌旁向你提出各種要求。講台上的確會出現這種混亂情形，我可不是在開玩笑。

一定要提防演講結束後出現混亂。中國人民銀行行長周小川，他在二〇一二年的博驚亞洲論壇上結束發言後，大批記者一擁而上將他堵在台上，混亂中甚至有名記者從台上摔下去。

再舉個例子，在一次產業大會上，我目睹了同一個討論小組的一位成員試圖在發言後避開圍上來的觀眾。當時他向後退了幾步，結果一不小心從近一公尺高的台上掉下來。以此為鑑，一定要提防演講結束後出現的混亂局面。

說到這裡，也要提防演講過程中出現的混亂。有一次我參加在紐約舉行的會議，會上一位演講者提到自己買了相關產品的樣品要發給大家，但他擔心自己買得不夠多。就在此時，我驚訝地發現，大批觀眾站了起來，然後直接跨過一排排座位衝向演講者，他們打斷了發言，非讓演講者送他們免費樣品不可。（這種事是編不出來的。）

5

提前將演講內容拷貝一份，寄給跟你合作的產業出版單位。為了減輕編輯的工作負擔，還要做到以下幾點。

a. 確保稿件上的內容清晰易讀，段落不要太長，每頁邊距要夠寬。

b. 添加小標題以吸引編輯注意。

c. 將演講內容中你認為值得引用的短語用醒目顏色標出來，以便編輯能直接將這些短語挑出來用作標題、圖片配文或其他說明性質的文字。

d. 加入一個總結段落。這可能是編輯會用心閱讀的唯一一個段落，所以一定要寫好。其中可以包括任何一種能迅速引起編輯注意的內容，例如，令人印象深刻的統計資料、令人難忘的引用語、有趣的例子等。

6

美化你的個人網站。潛在的觀眾多半會先瀏覽你的個人網站，藉此來了解你的背景。確保你的網站能及時更新內容，還要便於在手機上查看。要在整個網站中反覆呈現關鍵訊息。（這一靈感來自IBM創始人湯瑪斯．華生。他提出著名的口號：「善於思考」，還將這個口號貼在各個地方，例如公司牆上、辦公用品上，甚至還貼到家裡。這種做法值得所有演講者學習。）最重要的是，不要讓三個月前就失效的公告繼續出現在網站訪客眼前。

7

找一些與你的演講主題有關的部落格文章，與發表這些文章的板主聯絡。想想如何與他們建立關係。評論他們的部落格內容，給他們「按讚」，在網路上分享他們的文章，再提供一些寫作主題的建議給這些板主，並和自己的線上好友介紹這些板主。然後，你就可以在自己的演講中「自然地」引用這些部落格中的內容。

8

將演講內容拷貝一份寄給附近的大專院校。

a. 學生職業生涯發展單位可能會將有關演講的網頁連結，分享給有意去你公司求職的學生。

b. 相關院系的老師可能會將你的演講內容用在課堂上。（提示：很少有演講者會聯絡附近的大專院校，這對他們來說真是個損失。如果你演講的內容有幸被教授們用在課堂上或著作中，那你將能從乘數遞增的效應中獲益。）

9

將你要發表演講的通知寄給自己的母校。大專院校都會為校友的成就感到萬分驕傲。如果你受邀在大型會議上發言，你的母校一定會為你自豪。他們可能會邀請你回學校為在校生做演講，也可能在校刊上提到你和你的成就。不要忽視這些可能性。你還可以透過LinkedIn等平台與其他校友保持聯繫。

10

聯絡當地報社、廣播電台或電視台。向相關負責人寄一份簡要生動的新聞稿。不要光想著「公司形象」，要想著怎樣才能將內容寫得「有新聞價值、有趣，或是重要」。站在報紙編輯或節目編導的角度看問題，問自己：「我會想要什麼樣的新聞稿？」屢試不爽的答案是：「能減輕我工作負擔的那種。」

對於報紙來說，最好提供他們一則不錯的新聞導語，就是編輯們可以按原樣照搬的那種。沒人喜歡給自己找麻煩，編輯們想要的是能讓自己工作更輕鬆的新聞稿。好好為他們寫出好內容，他們可能也會好好替你報導。

對於廣播和電視節目，你可以寫出三四個短小的好句子，這些句子聽起來要有力，而且可以直接在節目錄製時使用。記住，節目編導每天都會收到大量的新聞稿，挑出能直接使用的，這是人的天性，因為這樣可以免去額外的編輯加工工作。

如果你感覺對方對你的稿件有興趣，就主動提供寫好的備用資料，包括最近和你有關的所有出版物。你的名字出現在書或雜誌上，這有利於提高個人公信力。對於電視節目，你可以主動告知他們，能為他們提供視覺素材，包括照片、錄影、小型模型、海報、表格，甚至是你用來證明個人論點時的資料。

電視是高度視覺化的媒體。如果你主動提供能展示給觀眾看的東西，那你上節目的可能性就會增大。

11

將你的演講內容分享給當地商會。他們可能會摘錄部分內容放在自己的網站上。主動提出要為他們的網站提供資源，鼓勵網站訪客可以寫信給你，慷慨地解答他們的問題。查爾斯．達爾文（Charles Darwin）曾寫道：「在漫長的人類歷史中……最善於合作和即興發揮的人都獲得了勝利。」他寫下這句話的時候，心裡並沒有想著社群網站，但這句話可以用來總結「以分享和合作為主」的網路文化。

12

請演講活動主辦單位公開你的照片。如果你的演講成功，他們也是直接受益人，所以你要讓他們參與進來。確保他們提前讓大家看了你的長相。演講結束後，讓主辦單位將你演講的內容上傳到他們網站，那些錯過現場演講的人，至少還可以在網路上閱讀你的演講內容。

13

部落格。如果你還沒有自己的部落格，就註冊一個。你上傳到部落格上的演講越多，你的平台就越大，然後會有更多人關注你的部落格。

14

不要忽視名片的作用。老式的名片具有傳遞訊息的重要功能。不要只在名片正面寫上個人聯絡方式，背面卻一片空白。一片空白對你一點好處也沒有。

光是在名片正反兩面都印上相應內容，就可以將自己的名片打造成行銷工具。那麼，名片背面該放什麼內容呢？可以是你最近的演講標題、令人印象深刻的觀眾名單、你作為演講者得到的肯定、來自某次演講的驚人統計數字、你在工作中獲得的認同、你得過的榮譽，或是曾經報導過你的雜誌。

也可以考慮在名片背面印上一個問題。這個問題要能讓收到名片的人對你和你的關鍵訊息產生思考。

我從事演講稿寫作和演講培訓工作，經常去演講現場幫主辦單位提升演講的CP值。為了讓別人了解我的工作成果，我在名片背面是這樣寫：

> **拙劣的演講浪費了你的組織多少錢？**
>
> 將準備演講的時間、差旅費和參加演講的觀眾全部花費的時間都算上。
> 然後再加上你的機會成本。
> 挽救你們的演講吧……就是現在。

著眼全球。你的觀眾可能是本地人，而你討論的話題卻可能適用於全球。要不遺餘力地透過自媒體平台與各地的觀眾保持連結，吸引全世界的人關注你發布的動態。事實上，大多數話題都不受國界限制。例如，綠色環保、家庭暴力、青少年健康、槍枝安全、文化素養……你可以在自己生活的地方發表關於以上任何話題的演講，而這些演講可以經由社群媒體吸引全世界的注意。

15

增加你在社群媒體的聯絡人數量。如果稍微努力一下，就能獲得七百位線上好友，那為什麼還要滿足於當前的一百三十五位好友呢？了解你和你演講的人越多，你獲得的關注度就越高。

16

充分妥善運用你的演講。畢竟，你辛辛苦苦準備了這麼久，現在輪到它努力回報你了。

Chapter 13 跨國演講

Az me hunt iber di planken，bakumt men andereh gedanken。（只要你越過那道柵欄，就能獲得新的想法。）

——意第緒語諺語

商業的全球化帶來了許多方面的改變——不僅僅是需要與全世界的觀眾交流。一位南美的製造商受邀去莫斯科演講；幾位日本的企業高階主管要為在加州發表重要談話做準備；一位德國銀行家將在倫敦舉行的國際銀行家會議上發言；一位美國會計師要在法國舉辦的職業女性大會上發言；一位企業家希望自己能向全世界的觀眾推銷他的產品……在今天，這些都是常見的演講任務。

然而，極少有演講者擁有豐富的跨國演講經驗，他們基本上都會帶著滿心疑慮走上跨國演講的講台：

- 這些外國觀眾有沒有什麼特殊要求？
- 怎樣才能確保他們理解我的演講內容？
- 怎麼做才能避免在不同的文化背景下出醜？

- 幽默能跨越語言障礙產生效果嗎？
- 如何向主辦單位表現我對他們的尊重？
- 如何表達我對自己國家文化傳統的自豪？

以下將看到一些國家領導人是如何應對跨國的演講任務。也許你會從這些例子中獲得啟發。

讓其他語言的觀眾聽懂你的演講

使用誇張的措辭打造更具影響力的表達

二〇一二年，加拿大前總理史蒂芬．哈珀（Stephen Harper）在香港的大英國協陣亡將士紀念日上發表談話，他當時的措辭非常精采：

今天，我們因為紀念活動聚集在此，聚集在這個亡靈們安靜休息的地方，聚集在歌頌他們犧牲精神的紀念碑旁。

我們提及往事，提起我們的祖輩先賢，他們將自己毫無保留地獻給了國家，只為守護我們的安定生活，而這同時鑄造了他們自己的榮光。

我們殷切希望，上帝能仁慈地對待這些不朽的靈魂。

歲月不會令他們疲倦衰朽，年華也無法非難他們。

這是一個顯而易見的事實。

確實，他們不會變老，我們這些剩下的人才會老去。

而這也是我們可以使之應驗的祈禱。因為只要每個人都將他們銘記於心，這祈禱便會成真。

演講內容要應景

二〇〇二年，美國前總統卡特在古巴哈瓦那大學發表演講，自卡斯楚（Fidel Castro）一九五九年執政以來，卡特是第一位訪問古巴的美國總統，所以此行受到媒體的密切關注。

卡特用西班牙語唸出提前準備好的演講稿，打破了美國和古巴兩國之間四十年來互不信任的局面：「現在，是時候改善我們兩國之間的關係了，還有我們看待彼此和展開溝通的方式。」

展現共同的興趣

二〇一二年，挪威前首相延斯・史托騰伯格（Jens Stoltenberg）在一場東京舉辦的商業研討會上，這樣開始了自己的發言：

從地理位置上來說，日本和挪威距離遙遠。但我們兩國在很多領域都有密切的合作。

我們有共同的價值觀，都堅定地擁護民主和人權。我們在許多重要的國際事務上緊密配合，例如母嬰健康、聯合國改革等。

當前，我們正攜手面對眼下最艱鉅的挑戰，就是氣候變化帶來的威脅。

使用「重複」的手法

「重複」是一種可以讓演講內容更令人難忘的修辭手法。但對於跨國演講來說，「重複」的作用不僅展現在塑造文體風格上，更能幫助觀眾理解內容。它能幫助那些跟你有不同文化背景、說不同語言的觀眾，讓他們能更容易領會你傳達的訊息。

二〇一二年，在紐約舉辦的聯合國大會上，斯洛伐克前總統伊萬．蓋斯巴洛維奇（Ivan Gašparovič）用以下幾句有力的話作為自己演講的開頭：

> 衝突不會被國境線阻斷。我們當前生活在一個彼此交織的世界裡，每一個問題都是我們大家的問題，每一個威脅都會變成我們大家的威脅，而每一個成功都會給我們大家帶來好處。

告訴外國觀眾你很高興為他們演講

喬瓦尼．阿涅利（Giovanni Agnelli）在擔任飛雅特汽車公司董事長一職時，曾受邀去英國牛津大學做年度的羅曼尼斯講座。（羅曼尼斯講座邀請的都是藝術、科學或文學領域的傑出人物，只有一九八二年的首場演講是由英國前首相威廉·格萊斯頓主講。）

阿涅利表達了他對這次跨文化演講懷有的榮幸之感：

在過去的一百多年中，做羅曼尼斯講座的都是英國最傑出的男性和女性。我想這是該盛會第一次由義大利人上台主講。我非常感謝校長和牛津大學賦予我這項殊榮。

不過，或許我該提醒大家一句，我是一個實業家，學術研究不是我的工作，所以希望大家不要期望我能為你們帶來一次嚴格意義上的學術講座。我今天想要討論的是大家現在都很感興趣的話題：什麼是歐洲？

重現時間和地點

一般來說，讓觀眾了解演講中所說事件發生的時間和地點，這是很有必要的，而對外國觀眾來說，這點顯得尤為關鍵。如果大家需要結合背景訊息才能正確看待你傳達的內容，那就把背景訊息講給他們聽。

一九二一年，瑪麗．居禮（Marie Curie）在瓦薩學院發表有關於發現鐳的演講時，就掌握了這一點。她演講的時候距離首次發現鐳的時間已經事隔二十多年，居禮夫人在進入主題前先做了一些背景鋪陳：

關於鐳和放射性，我可以跟你們談很多內容，這將需要很長的時間。但由於時間並不允許，我只能給你們簡單介紹一下我對鐳的早期研究。鐳已經不再是一個新生兒，距離它被發現已經有二十多年，不過因為發現它的過程有些特殊，所以我總是樂此不疲地向大家解釋這個過程。

說到這裡，我們需要回到一八九七年，那時我跟丈夫居禮教授在物理和化學學院的實驗室裡工作，居禮教授就是在那裡主持他的講座……

寥寥數語，瑪麗．居禮就將觀眾帶回二十幾年前，帶回了事情發生的那間實驗室。

用一個主題將演講者和他們的話題連結起來

二〇一二年，救世軍組織（一八六五年於英國成立的宗教團體）在布拉格舉辦了他們的歐洲大會。當時有來自三十多個國家的一千三百多名救世軍組織成員前來參加，是什麼將如此多人聚集聯繫起來的？是大會強有力的主題：「前進吧！在自信、團結和力量中前進。」

會議內容圍繞著救世軍的國際視野（以三分法表述）：「同一支團隊，同一項使命，同一種信念。」

大會上最引人注目的部分，則是羅伯特．史崔特理事舉起了一塊柏林牆的殘骸，用來提醒大家，直到近年，救世軍組織仍然在歐洲十二個國家遭到排斥。

語言要生動

巴西前總統費爾南多．科洛爾．狄梅洛（Fernando Collor de Mello）在評估巴西的經濟狀況時，採用了將訊息高度視覺化的方式，這種表達方式對於說任何語言的人都極具衝擊力：

我正以每小時一百五十公里的速度，將一輛擁擠的公共汽車開向懸崖。我們要麼選擇緊急剎車，這樣車上的人會因為慣性受點擦傷，要麼我們就衝下懸崖，集體喪命。

提及存在已久的友誼

約旦國王阿卜杜拉二世（Abdullah II）曾在英國議會做演講，他是第一位向英國議員發表談話的中東阿拉伯國家元首。他在演講的開頭回憶已故的父親胡笙（Hussein）國王：「他是中東地區的和平締造者和矛盾調解人。我很高興今天看到他的許多朋友來到這裡。」

發掘紀念日的實際意義

二〇〇九年，瓦茨拉夫．哈維爾（Václav Havel）在比利時布魯塞爾召開的歐洲議會上發表談話，以紀念冷戰時期「鐵幕」倒塌二十週年。這位捷克前總統用以下這些話感染了在場觀眾的情緒：

在古代遺產、猶太教文化、基督教文化、伊斯蘭教文化、文藝復興和啟蒙運動的薰陶下，歐洲豐富的精神歷史和文化歷史創造了一連串無可置疑的價值觀。對於這些價值觀，歐盟經常只是口頭承認，實際上通常只將其視作他們真正在意之物的表面包裝。但真正重要的，難道不正是這些價值觀本身嗎？難道不正是它們為大家指引了方向？

二〇一三年，我在布拉格度過新年，當時我感受到瓦茨拉夫・哈維爾的談話對捷克人民產生的深遠影響。成千上萬的人將鮮花帶到他的紀念碑前，他們點燃上了蠟燭。許多人在此駐足，沉思良久。

強調所有家庭共有的東西

美國前第一夫人愛蓮娜・羅斯福（Eleanor Roosevelt）在對日戰爭勝利紀念日上的談話中，向所有飽受二戰折磨的家庭表達了她的感同身受：

對世界上所有祈禱對日戰爭勝利的人來說，今天是他們心願達成的日子……至於我們國家以及世界上所有幸福的妻子和母親，我為她們感到高興。但我不能忘記，對於其他一些妻子和母親來說，這樣的時刻無異於是在她們的傷口上撒鹽。所有的女性——不論作為妻子、母親、姐妹，還是女兒——只要有親人加入了這場戰爭，她們都能體會什麼叫時刻擔心受怕地過日子。

用你自己的方式定義事物

一九六五年，當美國總統傑拉德．福特（Gerald Ford）到芬蘭赫爾辛基發表演講時，他對和平的定義引起了全世界觀眾的共鳴：「和平是一個需要相互制約和務實安排的過程。」

最重要的是說出你的想法，永遠都不晚

二〇一三年一月，英國首相大衛．卡麥隆（David Cameron）在議會發表談話，其中關於英國與歐盟關係的言論得到熱情回應。他為最終能實現一直以來的目標而心滿意

足。就像卡麥隆自己描述的：「我等這次談話已經等了二十年。」

我們大多數人都不用等上二十年才能說出對某件事的看法，但道理是一樣的：對於你真正想說的話，你總有辦法（和時間）把它說出來。

運用筆譯員或口譯員

> 如果我想賣東西給你，我就會說你的語言。Aber wenn Sie mir 'was verkaufen wollen, dann sollen Sie meine Sprache können.（但如果你想賣東西給我，你就得說我的語言。）
>
> ——赫爾穆特・柯爾（Helmut Kohl），德國前總理

當約瑟夫・普立茲（Joseph Pulitzer）在十九和二十世紀之交發行《紐約世界報》

（*New York World*）時，他產生了一個新奇的想法：把自己的廣告宣傳延伸到地球之外、擴展到整個宇宙。怎樣才能做到呢？他想在紐澤西州架設從火星上也能看見的巨大廣告牌。然而，他很快放棄了這個方案，只因為有一位同事問道：「那我們要在廣告牌上寫哪種語言？」

到底用哪種語言呢？

當然，大多數翻譯工作都不會比普立茲曾經面臨的難題更具挑戰性。但就算是最基本的口譯工作，要求也很高。可能有些人不了解翻譯行業，我們先來說明一下筆譯和口譯的區別。

筆譯員翻譯的是書面語言，例如將一篇用英語寫成的演講稿翻譯成日語。口譯員翻譯的是口頭語言。口譯員經常需要在現場工作，例如一位演講者正用德語發言，而口譯員的任務就是在演講者發言的同時，將他的話翻譯成英語說給美國觀眾聽。

不要有任何誤解。那些偶爾說外語的人，和外語熟練到可以擔任重要商務場合的筆譯或口譯人員之間，存在著巨大差距。口譯和筆譯工作無疑需要專業人士來完成，工作完成的品質取決於你付出多少金錢。

十幾年來，我一直在為某個國際組織提供演講培訓服務。我曾經與這個組織中來自世界各地的演講者共事，包括來自日本、巴西、韓國、葡萄牙等國家的演講者。有時，他們需要用英語發言，但如果他們英語說得不夠流利，也會改說母語。在這種情況下，我的工作就和口譯、筆譯人員有很多連結。多年來，我已經充分體認到翻譯工作的價值。如果你有幸能與一位出色的口譯或筆譯人員合作，請不要吝嗇你對他們的感謝，而且一定要留下他們的名片。

如果需要面對和你說不同語言的觀眾發表演講，你如何才能找到一位完全符合要求的口譯員呢？可以試著在招募面試時問他們以下問題：

- 你在哪裡學習口譯？
- 你的學校／老師有相關的證書嗎？
- 你學習的內容偏重哪一方面？（換句話說，是德語文學還是商務德語？）
- 你多久做一次口譯工作？（沒錯，外語能力真的會退化。）
- 你在說這門外語的國家生活過嗎？

- 你最近完成的三次口譯任務是什麼？（詢問具體細節，例如時間長短、資料類型、客戶來自哪個領域、有沒有什麼特殊情況等。）
- 有沒有做過我們這一特定行業的口譯工作？（這是個關鍵問題。各行各業都有自己的術語和行話，你需要一位像內行一樣了解這些術語的口譯員。）

與此同時，還要問自己幾個問題：

- 我和這位口譯員在一起時覺得舒服嗎？（和諧一致是不容忽視的因素。畢竟，你需要給予自己的口譯員極大信任，你還希望充滿信心地信任對方。）
- 這個人能展現出我富有吸引力的一面嗎？（可以說，在觀眾看來，口譯員就代表你本人。）

以下是使用口譯員的最後一點提醒，出自雷根前總統之口。

一九八八年二月，雷根前總統在對全美國州長協會做演講時，運用這種自嘲的幽默方式，向觀眾講述了跨國演講容易出錯的地方：

如你們所知，我最近訪問了墨西哥，會見了德拉馬德里（Miguel de la

Madrid）總統。這讓我想起，在我還是加州州長的時候，當時美國總統曾要求我代表他去墨西哥……。

在第一次訪問墨西哥的過程中，我向大批觀眾發表談話，結果演講結束後他們的回應並不熱情，我只收到稀稀落落的幾個掌聲。當時我很尷尬，竭力想要掩飾自己的失落。而更加糟糕的是，在我之後發言的人說的是西班牙語，我聽不懂西班牙語，但他幾乎每說一句話就會被觀眾的熱烈掌聲打斷。

見此情形，我開始趕在所有人鼓掌之前鼓掌，而且我的掌聲比其他任何人的都持久，直到我們駐墨西哥的大使發現到我這麼做，他和我說：「我要是你就不會這麼做。台上的人是在用西班牙語翻譯你的演講。」

畫龍點睛

想一想以下這些你可以做的「小事」，你一定能讓自己的跨國演講脫穎而出。

在法國馬賽附近舉辦的一次儀式上，美國陸軍上將諾曼．史瓦茲柯夫被授予法國外籍軍團榮譽成員身分，他用法語說出最強而有力的話來回應在場觀眾。他以自己能力範圍內最好的法國口音，直接向法國官員們表達了衷心的讚美：「你們都很偉大。」

安侯建業聯合會計師事務所的副董事長史蒂夫．哈蘭（Steve Harlan）在墨西哥以自由貿易的好處為主題發表演講時，引用了一句古老的墨西哥諺語來結束發言。首先，他將這句諺語用原來的語言，即西班牙語說了出來：「El que adelante no mira，atrás se queda。」然後，他稍作停頓，接著又說出這句諺語的英語翻譯版本：「那些不會往前看的人，就會落後。」藉由兩種語言將外國諺語說出來，哈蘭為在自己與外國觀眾之間建立起更為緊密的連結。

- 教宗若望保祿二世在七十七歲高齡時，前往古巴進行歷史性訪問，當時他用西班牙語做布道，此舉得到在場群眾的熱情回應。這是繼聖彼得教宗之後第一次有教宗訪問古巴。考慮到這次訪問的歷史意義，古巴政府在當年重新把聖誕節定為國定假日（即便只在一九九七年那一年）。於是，空氣中充滿了為羅馬天主教祈禱者響起的沙槌聲和鼓聲，這也提醒了我們，音樂是真正的國際語言。

- 二〇一一年，英國女王伊莉莎白二世（Elizabeth II）訪問了愛爾蘭。這是自愛爾蘭獨立後，第一次有英國君主到此參訪。在國宴上，女王突然說起了蘇格蘭的蓋爾語，此舉令在場所有人大吃一驚。不過最驚訝的要數當時的愛爾蘭總統，她驚訝得連聲說「哇」。的確，這的確值得讚歎。

Chapter

14 演講部門

一般而言，用嘴說比用信函處理效果更好。

——法蘭西斯・培根（Francis Bacon），英國大法官

這些情形聽起來熟悉嗎？

- 你是一家醫院的管理者，你們醫院剛剛擴大了門診服務範圍，你希望讓更多人了解新增的相關服務。吸引潛在患者的最佳方法是什麼呢？
- 你是一家小企業的老板，你想替公司提供的服務和業務增加正面的關注。可惜，你沒有足夠預算去做廣告宣傳或雇用公關公司。你該怎麼向業界形容你們的業務，才能吸引新客戶呢？
- 你是一家電力公司的經理，現在你們的顧客都在擔心輸電線路是否安全。要如何說服他們相信你們的操作是安全的？
- 你是一家銀行的分行經理，現在要做的是更加積極地尋找新客戶。你要怎麼說服客戶使用你推薦給他們的一系列金融服務？
- 你是地方環保組織的活躍分子，你希望把環保理念傳達給不同的觀眾群——從公

立學校到大學，從老年活動中心到商業集團。

考慮成立你們自己的演講部門。成立演講部門的目的是有組織地將公司理念傳達給特定的目標客群——也許是地方商會、女性團體、男性俱樂部，或是學校組織、親和團體、政黨聯盟等等。

或大或小的組織都已發現，成立屬於自己的演講部門是向各種公民、商業、職業、社會及教育組織傳遞理念的好方法，既有效又低成本。總之，這麼做有助於他們向目標群體傳播理念。

製藥公司、公用設施公司、石油公司、銀行、醫院，這些只是一小部分因有效運轉的演講部門而獲益的大型機構。

並不是說只有大型機構才能從中獲益。地方慈善機構、教堂、宗教組織、家庭經營的小企業……這些機構都可以妥善運用自己的演講部門。個體經營者，例如律師、會計師、按摩師、獸醫、諮詢顧問、園藝師、健身教練、臨床醫師、自由撰稿人、技工等，這些人都能因公開演講而受益良多。為什麼呢？因為在無力承擔廣告宣傳費用或擁有公關部門的情況下，個體經營者必須基於自身掌握的資訊參與競爭。當掌握的訊息足夠有說服力時，他們就可以像大型機構一樣有影響力。

如果你想為自己所處的組織建立全新的演講部門，如果你想為已經存在、但缺乏活力而效能不彰的演講部門注入生氣，抑或你只是想透過發表演講來為自己的生意贏得關注，那就接著往下讀吧，以下這些指導原則會對你有所幫助。

部門成員

誰可以成為演講部門的一員呢？如果你是個體經營者，那麼任務將全部落在你頭上：你自己就是代表個人業務的發言人。

但如果你在一家大型機構工作，就有很多選擇，想想誰能勝任演講工作。

- 現在在職員工中的一位？
- 全職員工或兼職人員？

- 這個人來自工會還是管理部門？
- 是基層員工還是高級管理人員？
- 或者是公司的退休人員？（一般來說，退休人員都對公司有較為全面的了解，同時通曉產業情況。他們有足夠時間可以來跟大家分享自己的專業經驗，觀眾也相當信任他們。）

部門規模

你該如何規劃演講部門的規模大小呢？答案是視實際的運轉情況而定。

畢竟，如果你的演講部門有二十位成員，你就得保證他們每個人都能分配到演講任務，還要確保自己有足夠時間指導每一位成員，否則成立演講部門的意義何在呢？更好的選擇是縮減演講部門的人數，將更多精力放在發揮每位成員的特長上。

部門培訓

你為演講部門成員提供的培訓品質，決定了他們的演講水準。因此，你最先要考慮的是如何訓練他們，以及多久訓練一次。

如果你的演講部門有二十位成員，你就得有足夠預算來為他們所有人提供培訓，否則成立演講部門有什麼用處呢？更明智的選擇：

根據培訓預算來決定部門規模。如果你的預算只允許一年培訓五名演講者，那就面對現實吧，據此調整部門人數。充分訓練好五名演講者總比只能給二十名演講者不合格的訓練要好。不要為了省錢或省時間，就試圖跳過必要的培訓環節——在這件事上不能討價還價。

酬勞與待遇

明智的演講者一般會拒絕金錢形式的酬勞，因為這種酬勞形式充滿了變數和陷阱。能力一般的演講者可以和能力出色的演講者獲得相同報酬嗎？在晚間或週末舉行的演講應不應該獲得更豐厚的報酬？

或許最重要的是，相比於「有償」的演講者，觀眾更願意相信那些自發做演講的志願者。觀眾們很快就能發現誰是受雇發言的「槍手」，而且通常會給出相對的回應。

更明智的選擇：為演講者提供其他形式的補償。在部門成員連續辦了大量演講後，可以考慮給他們額外的假期，或請他們去美容沙龍做一次護理（順便還能提升他們的個人形象），抑或為他們提供學習演講技巧的高級課程。不論選擇哪種形式，你都要讓演講者知道：他們的努力得到了讚賞。同樣重要的是，要讓他們知道，你會在接下來的績效評估中記錄他們的演講成就。

你還需要解決有關花費的所有問題。提前決定你是否要為他們付車費、自駕車汽油費、餐費。同樣重要的一點是，提前說清楚自己能承擔的花費上限。否則，你可能要為某些在前來演講途中到高檔餐廳用餐的演講者支付大筆費用。

認同與激勵

人們經常說激勵的效果無法持續。好吧，洗澡也是如此，所以我們才每天都洗澡。

——金克拉（Zig Ziglar），作家、推銷員、激勵演講大師

好好想一想，當員工放棄週六下午的休息時間，只為代表公司在一次社區活動上發言；當他們在暴風雪中長途跋涉，只為去支援商會活動的演講；或者當他們放下手頭正在做的事，在最後一刻成為替補發言人上台……你不覺得他們的付出應該獲得一些特別

的認可嗎？以下是一些建議：

- 為演講部門的成員舉行年度聚餐活動，可以是早餐會或正式的午餐、晚餐宴會。根據預算來選擇餐廳和菜色。記住，一流的早餐比三流的晚餐更奢華。如果你只有很少的一點預算，可以將用餐地點從餐廳改到家裡。
- 為工作量最大的演講者提供特別福利，可以是電影票或主題公園門票。允許他們帶伴侶或朋友一起享受輕鬆的時刻，作為他們平時因為完成演講任務而經常不在家的補償。
- 聘請一位激勵人心的演說家在部門年會上發言。這種專業演說家的出席對部門成員來說不僅是一種獎勵，更是激勵他們提升演講水準的範本。很多領域的機構，包括公用設施公司、醫院在內，都曾經邀請我去他們的表彰晚宴上發言。在這些場合，我希望我的發言既值得學習又鼓舞人心，還要富有幽默感。我這麼做的目的是為了給演講部門的成員們一個愉快的夜晚，同時激勵他們提高發言水準。
- 請公司總裁為演講部門的成員們寫一封親筆表彰信。另外，將表彰信裱起來，以便成員們向其他人展示這封信。

評價標準

除非你知道自己要透過演講達成什麼目的，否則做演講便沒有意義。如果你讓觀眾填一張評價表，就可以了解你們部門的演講有哪些長處與短處。

評價表的形式要力求簡單。如果填評價表費時又費力，那麼沒有觀眾會願意費心填寫的。如此一來，你就得不到他們對演講部門是否達到預期效果的寶貴意見。

形式簡單的評價表要包括以下基本內容：

- 演講者？優秀、良好、合格、不合格。
- 內容？有用或與我的需求無關。
- 你最喜歡此次演講的哪個方面？
- 你能提出一些改進建議嗎？
- 你今後想聽什麼主題的演講？
- 你是否知道還有其他觀眾群願意聽我們的免費演講？（如果知道的話，請留下你的姓名、電話號碼和電子郵件信箱，以便我們聯絡你。）

為演講部門做宣傳

就算你的部門裡有很出色的演講者，假如沒有人知道的話，也是枉然，因此，要優先考慮為部門的演講活動做宣傳。

一開始，你可以在公司網站上發布消息，將部門成員的照片上傳到網站上。（照片是極具說服力的，不能用看起來像嫌疑犯的照片，也不能用十年前的照片。）要努力提升他們的公信力，包括引用以前觀眾對他們的熱情誇讚。

在傳送出的每一封信中，加上一行關於演講部門的介紹——信末「ＰＳ」部分是添加該訊息的絕佳位置。在所有電子郵件中附上演講部門的網頁連結，在每位成員的名片上註明部門訊息。在社群媒體上發布消息，或是在社區的ＤＭ區放置宣傳資料。

做宣傳的方法是無窮無盡的。

挑選合適的演講邀請

在演講部門成立之初，為了讓部門成員有事可做，你幾乎會接受所有的演講邀請。但隨著收到的邀請越來越多，你在選擇觀眾方面也會越來越謹慎。畢竟，你根本沒有足夠時間接受每一份演講邀請。

要如何選擇最合你意的邀請呢？請考慮以下幾個方面：

- 觀眾規模。觀眾的規模是否足以匹配你在時間、精力和金錢方面的投入？
- 場合類型。是在女性俱樂部的午餐會？專家小組會議？市民論壇？社區活動？老年人聯歡會？問問自己：「這個場合適合我們去演講嗎？」
- 以往的發言人。問一問主辦單位：「上個月的活動中是誰主講？上上個月呢？」

你可以據此推斷以往的活動模式，以及該場合中的觀眾關心什麼、不關心什麼。

- 日程安排。這次活動還包含哪些其他環節？還有誰會發言、娛樂大家、籌款、招募人員等？例如，如果有人邀請你向老年人談節約能源，但該活動的主要時間是音樂類節目……那就拒絕該邀請，把你的精力放在能獲得更多關注和更豐厚回報的地方。

Chapter

15 演講撰稿人：雇用並與撰稿人合作

我們無法事事親力親為。

——維吉爾（Virgil）

當全球最大的珠寶零售商傑拉德・拉特納（Gerald Ratner）在倫敦皇家阿爾伯特音樂廳發表演講時，他提出成為千萬富翁的四條指導原則：

1—了解你的市場。

2—明確品質目標。

3—將你的產品與競爭者的產品做比較。

4—不要為自己寫演講稿。

我十分同意他提出的最後一條原則！

事實是，極少有高階主管有時間自己寫演講稿。畢竟，作為公司領導者，花幾週時間寫一篇演講稿是十分不划算的事情，他們要做別人花錢請他們來做的事——經營一家公司。

更重要的是，極少有高階主管願意自己寫演講稿。他們是商務人士，不是作家，自然會覺得處理商務事宜比撰寫文稿更容易。

而且坦白說，極少極少有高階主管具備自己寫演講稿的能力。畢竟，撰寫演講稿需要很高的專業水準……事實上，即便是最為專業的作家也可能寫不好演講稿。

為什麼呢？因為寫演講稿跟寫備忘錄、新聞稿或季報告都有很大區別，無法抓住這種極大區別的人是會遭殃的。

有些人可能會在自己的部落格中發布撰寫演講稿的相關知識，但這並不代表他們能寫好演講稿。（想想，有些人也許可以編輯醫學刊物，但不代表他們能當醫生。）我還得再說一次，不要想當然耳。要勇於提出問題，並仔細檢查對方是否具有相對的證書。

如果你認為雇用職業演講撰稿人（無論是全職還是自由撰稿人或寫作顧問）對你有

利，你可以請其他商務人士推薦合適人選，然後詢問候選人以下問題，找出適合你的人選：

● 「你從事演講稿寫作多長時間了？」如果你需要高品質的演講稿，你就需要有經驗的撰稿人。你的演講內容越重要，就越需要內行的演講撰稿人。你要找的是一個能應付大量演講稿寫作相關事宜的人，一個能預測會發生什麼問題並防止問題發生的人，一個能自信沉著面對任何演講任務的人。

從另一方面來說，每位演講撰稿人都是從零經驗做起。因此，只要你願意認真篩選，未必不能選剛入行、有演講稿寫作天賦的撰稿人。只要能得到恰當的指導和專業訓練，他們很快就會變成「有經驗」的撰稿人，而且這麼做的成本很低。

我永遠記得那位幫我上演講稿寫作和廣告行銷第一課的了不起女士——珍．馬斯（Jane Maas）。她將我收入麾下時，我沒有任何寫演講稿的經驗。但我是個不錯的寫作者。我很有進取心。最重要的是，我願意為了團隊夜以繼日地工作，所以很快就在演講稿寫作方面建立起個人信譽。

● 「演講稿寫作是你的專長嗎？」這是一個關鍵問題。如果一位撰稿人是全能型寫手——新聞稿、宣傳冊文宣和演講稿都能寫，有什麼任務就寫什麼，那他對你的演講稿寫作任務或許不會太「上心」。

提示：你沒有必要受限於展開業務的地點。就算身處某個小城鎮，你仍然可以聯絡到能力很強的演講撰稿人。只要一通電話或一封電子郵件，你就能與全國各地優秀的演講撰稿人取得聯繫。所以，不要被地理位置上的條件所局限。

- 「這些演講稿寫作任務全都由你自己完成嗎？還是說，你會將其中一部分外包給別人做？」再怎麼強調這一點都不為過。你一定要謹防那些以「團隊合作」形式完成任務的演講撰稿人或公關公司。

這裡有一個恰當的例子，很多公關公司為了吸引顧客，剛開始都會列出一系列具有代表性、高水準的演講撰稿人名單，接下來卻偷偷將實際的寫作工作「外包」給不知名的自由撰稿人。通常，為了節省開支，公關公司會選擇收費最低的自由撰稿人，結果客戶（花大錢請了有名的公關公司）會感到奇怪，為什麼交上來的稿子看起來程度如此業餘。

還有一點也需要認真考慮，如果公關公司在你不知情的情況下，把演講稿寫作任務外包給自由撰稿人，你要怎麼確保演講內容的保密性呢？你怎麼保證，這些跟你素未謀面的自由撰稿人不會同時接了你競爭對手的工作？

因此，最好與某位你信得過的專職獨立演講撰稿人保持一對一聯繫。

- 「你當前或近期的客戶是哪些人？」
- 「你跟你的客戶保持長期合作關係嗎？例如，你一共為某某集團寫過多少篇演講稿？」
- 「關於我們這個產業面臨的問題，你了解多少？」專業的演講撰稿人，會在準備面試的過程閱讀你所處行業及公司的相關資料。這是你應得的專業服務。
- 「介紹一下你的教育背景。」注意，不要認為演講撰稿人必須有傳播學、公共關係或新聞學等專業文憑。這是一種誤解。

  重要的是要有清晰的思路，對世間萬物充滿興趣，要知道怎樣吸引觀眾的注意力，要善於在短時間內學習新事物，還要對語言保持敏感、深深熱愛口頭語言。
- 「介紹一下你的專業背景。」還要注意，沒有人會真正將撰寫演講稿作為自己的第一份職業。對於二十多歲、缺乏實際工作經驗的應屆畢業生來說，他們不會一開始就去做職業演講撰稿人，並在接下來幾十年的職業生涯中一直做這份工作。（如果真有人這麼做，坦白地講，我就要擔心他們的工作背景是否過於單一。）演講稿寫作通常需要好幾種不同的工作背景累積起來。

- 「你有什麼建設性的看法嗎？」不要去雇用那種只會一味討好上級、沒有個人觀點的人。你需要找的是一個有明確想法的人，他能幫你指出演講中存在哪些不足，並告訴你如何改進。
- 「你的工作效率高嗎？」

以下情況在演講稿寫作過程中十分常見：兩個月前，你請你公司的公關部門為你寫一篇重要的演講稿，但他們當時正忙著趕年度報告或應對媒體提問，也有可能在處理員工危機……總之，他們直到最後一刻才弄完你的演講稿。不出所料，這篇稿子看起來就像是用一頓飯的時間胡亂拼湊出來的模樣。

你對這篇稿子感到不滿和失望。你希望自己能在這次的重要場合中做一場精采演講，可是現在來不及了——只剩五天。

這種時候，你就該慶幸自己事先保留了某位職業演講撰稿人的聯絡方式。你可以聯絡這位撰稿人，請他在短時間內為你寫一篇優質演講稿。一定要好好珍惜這個人。

如果你還不認識這樣的職業演講撰稿人，可以從現在開始準備找有關的專業人士面試了，以免下次碰到類似情況時又措手不及。

- 「你能提供曾經合作過的客戶幫你寫的推薦信嗎？」提問要具體，請他們提供客戶的姓名和職位。比如，某些入行沒多久的演講撰稿人可能會吹噓，他曾和很多來自世界五百強企業的高管合作，實際上他們可能只跟一些中階經理合作過一兩次。這時你就要學會追問到底，讓他們給出誠實的答案。
- 「你能提供一些你的得意之作嗎？」提醒：真正專業的演講撰稿人從來不會隨意洩露自己的作品。他們非常謹慎，並且將演講稿視為客戶的財產。所以，請尊重他們的職業精神，不要要求看任何涉密的資料。

更好的替代方案是，演講撰稿人可以提供近期所寫的演講稿部分內容，或者他們可以私下徵得客戶的准許，將某篇特定的稿件拿出來展示。

- 「你能在面試過程中當場潤色文稿嗎？」很簡單，給求職者一份中等或較短篇幅的演講稿草稿（大約五到十頁），請他們潤色這篇草稿。給他們的時間要限定在二十到三十分鐘內。你需要檢驗他們的工作效率，看他們能不能找出不足之處，能不能恰當地改寫蹩腳的語句，能不能熟練使用修辭手法，打造別具風格的文章。

提示：你提出的草稿中要包含一些基本錯誤，例如，圖表中各項條目所占的百分比加起來不等於百分之百、日期錯誤（三月二十一日星期四誤寫成三月二十二日星期四）、寫錯的人名等。

- 「你的演講稿被媒體報導過嗎？」頂級的演講撰稿人都知道怎樣寫能引起媒體注意，從而被報導。他們的演講稿內容經常被《紐約時報》引用，刊登在傑出的商業類出版物上，或是在部落格中被引用。這樣的撰稿人能幫助你的公司贏得媒體關注，這種關注有助於鞏固你們公司在業界的地位、推廣你們的產品、宣傳你們的服務、為你所在的機構樹立公信力，以及吸引人們關注你所在產業的發展情況。當然，這種演講撰稿人的收費相對較高。這是他們應得的。
- 「你得過演講稿寫作方面的獎項嗎？」看看這些榮譽的專業廣度。雇用得過三個不同的專業組織授予獎項的演講撰稿人，好過雇用獲得的所有獎項都來自同一團體。

- 「你願意閱讀我最近三次演講的演講稿並提供評價嗎？」既然你在請一位職業撰稿人做他們職責範圍內的工作，完成這項要求後，就要支付相對的報酬。可以象徵性地給一些報酬，按照規矩不能不給。只有窮途末路的非專業人員才願意提供免費服務，你肯定不希望聘請這樣的人加入你的團隊。

- 「你願意完成一個簡短的演講稿寫作，看看我們能否一起工作嗎？」第一次合作的任務不需要針對大型演講活動。讓對方寫一則簡短的文稿就行，例如開場介紹、退休儀式或頒獎儀式上的致辭等。只要是需要你們像團隊夥伴一樣密切配合完成的任務即可。

同樣地，對於這項任務，你也要給對方報酬——象徵性的報酬即可，但絕不能讓對方免費工作。

- 「能告知一下你的收費方式嗎？」你有權利提前詢問價格，以便估算成本。演講稿撰寫人提供給你的可能是一個價格區間，實際的價碼取決於任務的難易程度。

例如，如果某篇演講稿要求撰稿人參加兩次現場會議，就會比透過電子郵件溝通的同等程度演講稿收費高。

記住，對於演講撰稿人來說，時間就是金錢。寫作任務越容易完成，相對的收費就越低。你還要考慮交稿日期，給撰稿人的時間越少，收費就越高。

經驗豐富的撰稿人都已經習慣在最後關頭突然接到寫作任務，他們也習慣在晚上、週末和節日工作，以便趕上交稿期限。但你要清楚，對於這種時間緊迫的任務，他們的收費會比較高。

所以，如果你請專業的演講撰稿人在假日期間為你趕某項任務，他們會調整自己的休假計畫來配合你，同時也會調整收費。

不過，你得想：除此之外也別無他法，不是嗎？

Appendix 附錄

買書是件好事，如果你能把閱讀這些書的時間一起買回來的話。但通常來說，我們在買書時，總誤以為書中的內容適合自己閱讀。

——亞瑟・叔本華（Arthur Schopenhauer），德國哲學家

不可錯過的好書

無論你是寫演講稿、做演講還是聽演講，以下這些書都能讓你在交流的方式上，擁

有更好的鑑賞力。其中有些是新書，有些是老書，不用糾結於出版時間，因為這些書的內容永不過時。

《熱誠溝通：你就是最好的溝通訊息》（Ailes, Roger and Jon Kraushar. *You Are the Message.* New York, 1989；中文書名暫定）訊息與媒體領域的必讀書，書中的內容至今無人能超越。

《移山倒海》（Boettinger, Henry M. *Moving Mountains: or The Art of Letting Others See Things Your Way.* New York: Macmillan, 1969；中文書名暫定）這本書暢銷幾十年是有原因的，你自己讀讀看。

《無聲的語言：人類學家為你揭示我們如何用習慣和行為交流》（Hall, Edward T. *The Silent Language: An anthropologist reveals how we communicate by our manners and behavior.* New York: Doubleday, 1959；中文書名暫定）一本經典之作。

《寫作課：一隻鳥接著一隻鳥寫就對了！》（Lamott, Anne. *Bird by Bird: Some Instructions on Writing and Life.* New York: Pantheon Books, 1994）

《沒有安全路線》（Linders, Robert H. *No Safe Route.* Bloomington, IN: iUniverse,

2013：中文書名暫定）簡單來說，這是我欣賞過程度最高的布道，文筆出色。

《講故事教練》（Lipman, Doug. *The Storytelling Coach*. Little Rock, Ak: August House Publishers, 1995：中文書名暫定）

《我在革命中看到了什麼》（Noonan, Peggy. *What I Saw at the Revolution*. New York: Random House, 1990：中文書名暫定）

《你的創造力》（Osborne, Alex. *Your Creative Power*. New York: Scribner's, 1948：中文書名暫定）本書作者奧斯本是天聯廣告公司的創始人之一，「腦力激盪法」就是他發明的。

《語言本能：探索人類語言進化的奧秘》（Pinker, Steven. *The Language Instinct*. New York: Morrow, 1994）

《演員開口說：聲音與表演》（Rodenburg, Patsy. *The Actor Speaks: Voice and the Performer*. New York: St. Martin's Press, 2000：中文書名暫定）

《如何做廣告：給廣告人的專業指導》（Roman, Kenneth and Jane Maas. *How to Advertise: A professional guide for the advertiser. What works. What doesn't. And why*. New York：

St. Martin's Press, 1976：中文書名暫定）如果你將自己的演講看作廣告，這本書會給你很大幫助。

《教唆熊貓開槍的「，」：一次學會英文標點符號》（Truss, Lynne. *Eats, Shoots & Leaves*. New York：Penguin, 2003）讀這本書之前，誰能想到標點符號也可以如此有趣呢？

《當頭棒喝：如何讓你更有創意》（Von Oech, Roger. *A Whack on the Side of the Head*. New York: Warner, 1990）

參考書目

奇聞逸事

《巴特利的奇聞逸事書》（Bernard, Andre, and Clifton Fadiman. *The Bartlett's Book of Anecdotes*, revised edition. Boston, MA: Little, Brown, 2001；中文書名暫定）這是《奇聞逸事小棕書》的修訂版，這本書在我的書架上永遠占有重要位置。作者精心羅列了古往今來幾千位名人的奇聞逸事，從太空人尼爾·阿姆斯特朗（Neil Armstrong）、政治人物鮑勃·杜爾（Bob Dole），到女詩人多蘿西·帕克（Dorothy Parker）和歷史人物薛西斯一世（Xerxes），本書中都有提及。而且這本書的內容條目清晰、來源可靠。

名人名言

《名人議論名人：牛津名人名言詞典》（Ratcliffe, Susan, ed. *People on People: The Oxford Dictionary of Biographical Quotations*. New York, NY: Oxford University Press, 2001；

中文書名暫定）想知道有哪些名人對柴契爾夫人、畢卡索等說了哪些有名的話嗎？你可以從這本書看起，書中用詳實的歷史記錄列出許多精采的名人名言。

商務

《值得被引用的管理》（Woods, John. *The Quotable Executive*. New York: McGraw-Hill, 2000；中文書名暫定）本書列出了值得引用的商務人士精采語錄。

日常趣事或花邊新聞

《大事記：原子時代到海灣戰爭的潮流變遷》（Dickson, Paul. *Timelines: Day by Day and Trend by Trend from the Dawn of the Atomic Age to the Gulf War*. Reading, MA: Addison Wesley Publishing, 1991；中文書名暫定）這是同類書中最好的一本。

假設你所處的組織創立於一九七一年，而你想知道那一年都發生了哪些好玩的事，這本書會立刻滿足你的需要，書中提供的素材能讓你的演講變得更有意思。例如，一九七一年發生的好玩事情有：

- 「工作狂」這個詞誕生了。
- 第一台手持計算器誕生，標價兩百四十九美元。
- 笑臉紐扣風靡大街小巷。

畢業典禮

《說到畢業》（Ross, Alan, ed. *Speaking of Graduation*. Nashville, TN: Walnut Grove Press, 2001；中文書名暫定）書中摘錄了嚴肅與幽默的畢業典禮演講片段。

定義

《韋氏新世界可引用定義詞典》（Brussell, Eugene E. *Webster's New World Dictionary of Quotable Definitions*. Englewood Cliffs, NJ: Prentice-Hall, 1988；中文書名暫定）儘管出版年代較為久遠，但這本詞典依然值得任何一位演講者擁有。假如你想找對於某事物的有趣定義，那就不要查平時用的普通詞典，應該試試這一本，當中有兩千多個詞條的一萬七千多種生動定義。例如：

- 鍛鍊：「當代人的一種迷信，是那些吃得太多又沒什麼問題要思考的人發明的。」（喬治・桑塔亞那，George Santayana，美國哲學家）
- 通貨膨脹：「太多的錢都裝進了別人的口袋。」（威廉・沃恩，William Vaughan，英國藝術史名家）
- 舊金山：「一座每天都在上演四季交替的城市。」（鮑勃・霍普，Bob Hope，美國喜劇演員）

設計、圖表及排版

《視覺溝通的法則：科技、趨勢與藝術大師的簡報創意學》（Duarte, Nancy. *Resonate: Present Visual Stories that Transform Audiences*. New York: Wiley, 2010）該書作者的視覺設計風格自成一派。

《構思訊息》（Tufte, Edward R. *Envisioning Information*. Cheshire, CT: Graphics Press LLC, 13th printing, 2011；中文書名暫定）如果你想了解如何設計統計類資料的排列效果，可以看看這本書。

《視覺解釋：圖像與數量，論據與敘述》（Tufte, Edward R., *Visual Explanations: Images and Quantities, Evidence and Narrative*. Cheshire, CT: Graphics Press LLC, 9th printing 2010；中文書名暫定）

《用圖表說話：高效經理的圖表指南》（Zelazny, Gene. *Say It With Charts: The Executive's Guide to Successful Presentations*. Homewood, IL: Dow Jones-Irwin, 1985）同樣，請忽略出版時間。這是一本經典好書。它的內容不受制於任何時代的時尚潮流，為需要在演講中使用圖表的人提供永不過時的建議。這些建議也適用於其他需要口頭表達的場合。本書作者是麥肯錫諮詢顧問公司的視覺創意溝通主管，這足以證明他的實力。在你準備向觀眾呈現餅狀圖前，先看看這本書提出的建議吧。

娛樂

《卡塞爾電影格言》（Rees, Nigel. *Cassell's Movie Quotations*. London: Cassell, 2000；中文書名暫定）當中有電影台詞、電影製作者和電影愛好者的經典語句。非常亮眼的資源。

悼詞

《死亡：安慰之書》（McNees, Pat, ed. *Dying: A Book of Comfort.* New York: Warner Books, 1998；中文書名暫定）本書收集了一系列關於「死亡」主題的語錄、禱告詞，以及文學作品中摘錄的片段，內容跨越不同文化，包含很多不同的場合。例如：子女去世、雙親去世、配偶去世、永別、突發死亡、自殺。不論是誰，持何種信仰，都可以從這本書中學習如何致悼詞。

歷史

《值得引用的歷史學家》（Axelrod, Alan. *The Quotable Historian.* New York: McGraw-Hill, 2000；中文書名暫定）書中內容分成許多專題。

政治、政府和軍事

《公開演講者的引用語》（Torricelli, U.S. senator Robert. *Quotations for Public Speakers.* New Brunswick, NJ: Rutgers University Press, 2001；中文書名暫定）這是一本集

結歷史、文學和政治的話語選集，主題從外交到公平正義，再到城市事務，應有盡有。

《值得被引用的政治家》（William B. Whitman, ed. *The Quotable Politician*. Connecticut: The Lyons Press, 2003，中文書名暫定）

- 「美國大眾既不支持民主黨也不支持共和黨，他們倒是比較支持凱馬特超市。」（齊爾．米勒，Zell Miller，美國喬治亞州州長）
- 「你該做的正是那些你認為自己做不到的事。」（美國前第一夫人愛蓮娜．羅斯福）
- 「在政治上，會說話的是男人，做實事的卻是女人。」（柴契爾夫人，前英國首相）
- 「如果說我們的憲法中有一個基本元素的話，那就是國民對軍隊的掌控。」（哈里．杜魯門，前美國總統）

預測

《糟糕的預測：兩千年來那些最聰明的頭腦做的最糟糕預測》（Lee, Laura. *Bad*

Predictions: 2000 Years of the Best Minds Making the Worst Forecasts. Rochester, MI: Elsewhere Press, 2000；中文書名暫定）

公開演講

《你的內容》（Carter, Judy. *The Message of You*. New York: St. Martins Press, 2013；中文書名暫定）如果想成為靠演講謀生的職業演講者，那你需要讀讀這本書。這位作者知道自己在談論什麼。

《重要的不是說什麼，而是如何說》（Detz, Joan. *It's Not What You Say, It's How You Say It*. New York: St. Martin's Press, 2002；中文書名暫定）使用聲音、肢體語言、眼神交流、視聽工具、即興發揮等一切可用的演講手段，強化演講內容。

《我能看透你》（Hoff, Ron. *I Can See You Naked*. Kansas City, MI: Andrews McMeel, 1992；中文書名暫定）該書內容對任何一個需要做演講的人都有幫助。

可供引用的綜合類資料

《給聰明人的聰明語錄》（Bowden, Paul. *Smart Quotations for Smart People*. Kindle edition,2011；中文書名暫定）

《經典語錄》（Frank, Leonard Roy. *Quotionary*. New York: Random House, 2001；中文書名暫定）該書內容相當豐富，尤其在對當代資料的收集方面。

- 長壽：「我將它歸功於吃紅肉和喝琴酒。」（朱莉亞．柴爾德，Julia Child，美國知名廚師）

《英卡特語錄百科》（Swainson, Bill, ed. *Encarta Book of Quotations*. New York: St. Martin's Press, 2000；中文書名暫定）引用語的一本實用參考書，其中囊括兩萬五千多條引用語，且提供了引用語的背景，尤其著重收錄近百年來國際知名人物說過的話。

宗教和哲學

《豐富的恩惠》（Peck, M. Scott, M.D. *Abounding Grace*. Kansas City, MI: Andrews McMeel, 2000；中文書名暫定）書中收集的引用語包含幸福、勇氣、同情、純潔、堅

持、恩惠、信念、善良、愛、尊敬、力量和智慧等鼓舞人心的話題。

《宗教語錄寶庫》（Tomlinson, Gerald. *Treasury of Religious Quotations*. Englewood Cliffs, NJ: Prentice-Hall, 1991；中文書名暫定）書中收錄了三十種不同的宗教和信仰（包括別處很難找到的摩門教和道教）。

科學

《說到科學：有關科學、工程學和環境學的名言》（Fripp, Jon, Michael Fripp, and Deborah Fripp. *Speaking of Science: Notable Quotes on Science, Engineering, and the Environment*. Eagle Rock, VA: LLH Technology Publishing, 2000；中文書名暫定）這是一本必備參考書。

體育

《演講者名言寶庫：體育趣聞、故事和幽默》（Tomlinson, Gerald, ed. *Speaker's Treasury of Sports Anecdotes, Stories, and Humor*. Englewood Cliffs, NJ: Prentice-Hall, 1990；

中文書名暫定）內容包含有五十四種不同的體育運動，還列出部分著名運動員的出生日期及主要經歷（也可作為「歷史上的今天」這類資料使用）。

統計資料

《用統計說話》（Gaither, C. C, and A. E. Cavozov-Gaither. *Statistically Speaking*. Philadelphia, PA: Institute of Physics Publishing, 1996.，中文書名暫定）同樣請忽略出版年分，這本書在今天依然是關於統計的最全面著作，書中還詳細列出參考書目。其章節之多更是令人驚奇，包括：

- 資料：「在沒有資料支撐的情況下，盲目做出結論是嚴重的錯誤。」（夏洛克・福爾摩斯，亞瑟・柯南・道爾小說中虛構的人物）
- 圖形：「透過三個點可以畫出無數條曲線。根據這些曲線能推斷出無數結果。」（麥可・克萊頓，Michael Crichton，暢銷書作家）
- 統計員：「你要是做了統計員，很快就會有人告訴你，你已經變成了鬥雞眼和八字腳。」（約西亞・斯坦普，Josiah Stamp，經濟學家）

敬酒等其他特殊場合

《你能說點什麼嗎？》（Detz, Joan. *Can You Say a Few Words?* New York: St. Martin's Press, 2006；中文書名暫定）本書每一章都針對不同的特殊場合分別提出發言建議，包括：頒獎儀式、退休儀式、體育界的晚宴、愛國慶典、紀念日獻禮、畢業典禮、追悼會。

《敬酒詞：超過一千五百則敬酒詞、感言、祝福語和禱告語》（Dickson, Paul. *Toasts: Over 1500 of the Best Toasts, Sentiments, Blessings and Graces.* New York: Bloomsbury USA, 2009；中文書名暫定）沒有哪個職業演講撰稿人願意在手頭沒有這本書的情況下工作，它非常棒。

《全熟的烤肉》（Evans, William R., and Andrew Frothingham. *Well-Done Roasts.* New York: St. Martin's Press, 1992；中文書名暫定）該書為很多場合提供了大量的有趣內容：

- 退休儀式：「我們依然不確定，沒有他我們該怎麼辦……但這個問題我們已經考慮了很多年。」
- 「正如華特・克爾（《紐約時報》劇評人）說的：『他有妄自尊大的錯覺。』」

- 「那麼，你要來試一試並嘲笑我了。佩特・班納塔的歌唱得好：『用你最好的槍法來打我吧，連續開火。』」
- 「就像沃爾特・沃克爵士說的：『英國發明了一種新型導彈。它叫作公務員，他們不工作，也不能被開除。』」

《關於敬酒詞的一切》（Irwin, Dale. *The Everything Toasts Book*. Holbrook, MA: Adams Media, 2000.；中文書名暫定）書中提供了適用於每一個特別場合的敬酒詞。

推薦給演講者的網站（皆為英文網站）

北美印第安人的故事

www.kstrom.net/isk/stories/myths.html

格言、諺語和引用語

www.altiusdirectory.com/Society/hat-quotes.php（特殊場合的引用語，從聖誕老人到萬聖節均有涉及。）

www.aphorismsgalore.com（類別豐富，其中有藝術和文學、科學和宗教、工作和娛樂等各項內容。）

www.brainyquote.com/quotes/keywords/speeches.html

www.creativequotations.com（有來自三百多個國家和文化的諺語。）

www.famous-quotations.com（可按類別、作者或國家檢索內容。）

www.presentationmagazine.com/presentation-quotes-and-quotations-7498.htm

文學和藝術

www.aldaily.com/

個人傳記

www.s9.com（可按出生日期、死亡日期、頭銜、職業、文學藝術作品及主要成就檢索內容。）

歷史上的今天

www.infoplease.com

新聞出版

www.cjr.org/（內容來自《哥倫比亞新聞評論》，談到許多有關演講的有趣內容，包括記者是如何報導演講活動的相關情況。）

www.publishersweekly.com/pw/home/index/htm（關於演講者該如何將自己的演講內容出版成書的想法和建議。）

神話和傳說

www.mythiccrossroads.com/site_map.htm（伊索寓言，亞瑟王傳說，挪威、希臘和埃及的神話，非洲的故事，還有一部分相當精采的美國西部蠻荒時期的故事。）

社群媒體

http://socialmediatoday.com/

www.foliomag.com/

演講稿

gos.sbc.edu/top100.html（「二十世紀最偉大的一百場演講」，由斯威特貝理雅學院提供，其中包括傑出女性的傑出演講。）

www.historyplace.com/speeches（在這裡能找到很多種類的演講稿，從聖方濟各的〈向鳥兒宣道〉，到比爾・柯林頓的〈我犯了錯〉。）

www.winstonchurchill.org（溫斯頓・邱吉爾發表的演講、語錄和趣事。）

統計資料

www.guardian.co.uk/data

美國歷史

www.law.ou.edu/（來自美國奧克拉荷馬州州立大學法學院的資料，其中包括從美國前殖民時代到當代的所有歷史性演講。）

各類組織：演講者和演講撰稿人都需要的資源（以下網站皆為英文網站）

美國傳播協會：www.americancomm.org

美國圖書館協會：www.ala.org

美國職業演說家協會：speakersassociation.org/AmericanProfessionalSpeakersAssociation.html

美國新聞工作者和作家協會：www.asja.org

美國統計協會：www.amstat.org

美國亞裔記者協會：www.aaja.org

美國婦女通訊協會：www.womcom.org

美國編輯類自由職業者協會：www.the-efa.org/

國際商業傳播者協會：www.iabc.com

美國軍事作家協會：www.mwsadispatches.com/

美國獨立作家和編輯協會：naiwe.com/

美國科學作家協會：www.nasw.org

美國黑人公共關係協會：www.nbprs.org

美國傳播協會：www.natcom.org

美國教育作家協會：www.ewa.org

美國農村電力合作社協會：www.nreca.org

美國演講者協會：www.nsaspeaker.org

美國講故事網：www.storynet.org

美國作家協會：www.nationalwriters.com/page/page/1963103.htm

美國本土記者協會：www.naja.com/

紐約女性傳播組織：www.nywici.org

國際詩人、劇作家、編輯、散文家和小說家協會（PEN）：www.pen.org

美國職業演講者協會：www.professionalspeakersguild.com

美國公共關係協會：www.prsa.org

紐約宣傳俱樂部：www.publicityclub.org

美國生態環境記者協會：www.sej.org

國際演講會：www.toastmasters.org國際演講會值得你特別留意，不僅因為它規模大（該非營利性組織擁有近二十八萬名成員），還因為它幫助很多人成為了更好的演講者和領導者。不論你住在哪，都能借助於國際演講會來發展你的潛力。

推薦給在語音方面需要特殊幫助的演講者

美國語言聽力協會：www.asha.org

澳洲輕鬆說話協會：www.speakeasy.org.au

英國口吃協會：www.stammering.org

加拿大口吃協會：www.stutter.ca

國際口吃協會：www.isastutter.org

美國口吃協會：www.westutter.org

美國口吃基金會：www.stutteringhelp.org

國家圖書館出版品預行編目（CIP）資料

精準演講：從準備講稿到有效傳達，讓觀眾記住你！/瓊.戴茲(Joan Detz)著；張珂譯. -- 二版. -- 新北市：日出出版：大雁出版基地發行, 2023.12
384 面 ;15*21公分
譯自：How to write & give a speech : a practical guide for anyone who has to make every word count
ISBN 978-626-7382-39-4（平裝）

1.演說術
811.9 112019650

精準演講（二版）：
從準備講稿到有效傳達，讓觀眾記住你！

How to Write and Give a Speech: A Practical Guide for Anyone Who Has to Make Every Word Count

作　　者　瓊・戴茲（Joan Detz）
譯　　者　張　珂
責任編輯　夏于翔
協力編輯　王彥萍
內頁構成　菩薩蠻電腦科技有限公司
封面美術　兒　日

發 行 人　蘇拾平
總 編 輯　蘇拾平
副總編輯　王辰元
資深主編　夏于翔
主　　編　李明瑾
業務發行　王綬晨、邱紹溢、劉文雅
行　　銷　廖倚萱
出　　版　日出出版
地址：231030新北市新店區北新路三段207-3號5樓
電話：02-8913-1005 傳真：02-8913-1056
網址：www.sunrisepress.com.tw
E-mail信箱：sunrisepress@andbooks.com.tw
發　　行　大雁出版基地
地址：231030新北市新店區北新路三段207-3號5樓
電話：02-8913-1005 傳真：02-8913-1056
讀者服務信箱: andbooks@andbooks.com.tw
劃撥帳號:19983379 戶名：大雁文化事業股份有限公司
印　　刷　中原造像股份有限公司
二版一刷　2023年12月
定　　價　480元
I S B N　978-626-7382-39-4